LECTURE JUNIOR

Titre original : *Ace*
Édition originale publiée par Victor Gollancz Ltd., Londres, 1990

As de Trèfle

de Dick King-Smith

illustrations de Claude Delafosse

traduit de l'anglais par Michelle Esclapez

Gallimard Jeunesse

– AH ÇA ! ÇA ALORS ! DIT TUBBS LE FERMIER.

ACCOUDÉ AU MURET DE LA PORCHERIE, IL REGARDAIT UNE TRUIE ET SA PORTÉE DE NOUVEAU-NÉS.

Couchée sur le flanc, la truie était endormie avec six de ses petits, dont la tête disparaissait dans le ventre énorme de leur mère.

Mais le septième petit cochon, bien éveillé, se tenait droit sur ses pattes. Les oreilles dressées, il considérait le fermier avec des yeux dans lesquels brillait la lueur d'une vive intelligence.

– Un comme toi, je n'en avais pas encore vu, dit Tubbs. Et tu sais quoi, je ne peux pas croire qu'il y en ait jamais eu un comme toi, pas vrai ?

Pour toute réponse, le petit cochon émit un grognement. Tubbs, qui n'avait guère d'imagination, s'imagina pourtant, l'espace d'un instant, que ce grognement sonnait plutôt comme « non » que comme « oink ». Il s'attendait presque à voir l'animal secouer la tête.

Jusqu'alors, il n'avait rien remarqué qui sorte de l'ordinaire dans cette nouvelle portée. Mais ce qui attira tout à coup son attention sur ce septième petit cochon, c'était une marque bizarre, bien visible à présent qu'il s'était campé à l'écart de ses frères et sœurs. Sur le flanc gauche de l'animal se dessinait une tache noire aux contours singuliers.

La truie était une bâtarde qui comptait parmi ses ancêtres un bon nombre de « grandes blanches », d'« ensellées » et de « vieilles mouchetées de Gloucester ». D'habitude, ses porcelets étaient blancs avec quelques taches bleuâtres, mais il pouvait arriver qu'un petit naisse avec une ou deux de ces marques bizarres. La présence d'une seule tache chez celui-ci n'avait donc rien de remarquable ; mais ce qui était tout à fait inhabituel, c'était la forme que celle-ci présentait. Se détachant sur la peau blanche, elle avait en effet très exactement la forme d'un trèfle, l'une des couleurs du jeu de cartes.

– Regarde un peu ça ! dit Tubbs. C'est bien un trèfle, et un trèfle tout seul encore ! Une carte qui ne porte qu'un seul signe, sais-tu ce que c'est, mon petit gars ? C'est un as.

Cette fois le petit cochon répondit par deux grognements brefs. Un peu différents du précédent qui voulait dire « non », ceux-ci, aigus et impatients, semblaient dire « oui, oui ».

– C'est drôle ! dit Tubbs, je me demande si tu ne m'as pas fait un signe de tête.

De la pointe de son bâton, il effleura la marque noire sur le flanc du porcelet.

– Pas besoin de se creuser la tête pour savoir comment on va t'appeler, dit-il. D'habitude, je ne donne pas de nom à mes cochons – ils ne vivent jamais assez longtemps pour que ça en vaille la peine – mais toi, tu mérites un nom.

Immobile et silencieux, le petit cochon paraissait attentif à chacune des paroles du fermier.

– Ton nom, dit Tubbs, est écrit sur ton dos. On t'appellera As de Trèfle.

Un peu plus tard, le fermier, toujours accoudé au muret de la porcherie, bavardait familièrement avec le porcelet.

Tubbs aimait la conversation et comme il vivait seul et voyait peu de monde, il avait pris l'habitude de se parler à lui-même ou de parler à ses bêtes.

– Si les choses avaient tourné autrement, disait-il au nouvel As de Trèfle, et si je m'étais marié quand j'étais jeune, probable que j'aurais à présent six ou sept enfants, comme ta mère. Mais je ne peux pas dire que je le regrette. Peut-être bien que ç'aurait été agréable d'avoir une femme à qui parler, mais il ne faut pas abuser des bonnes choses. La seule que j'aie songé à épouser était une bonne et robuste paysanne, et quelle merveilleuse cuisinière ! Mais, bon sang, elle n'arrêtait pas ! Un vrai moulin à paroles ! Impossible d'avoir une vraie conversation avec elle : pas moyen de placer un mot. Nous avons été fiancés, puis elle a rompu et elle est partie se marier avec un éleveur de moutons, un grand échalas du nom de Hogget. Et je vais te dire une chose pas banale, As de Trèfle, mon garçon, tu m'écoutes ?

Le petit cochon grogna deux fois.

– En plus de ses moutons, Hogget avait un cochon, un vieux verrat blanc énorme, et ce verrat était capable de garder les moutons aussi bien qu'un chien*. Tu n'aurais jamais cru ça possible, pas vrai ?

* Lire *Le Cochon devenu berger,* dans la collection Folio Junior.

Le petit cochon grogna une fois.

– Et pourtant, c'est vrai ! continua Tubbs, et le plus fort, maintenant que j'y pense, c'est que ce vieux verrat sagace était ton arrière-grand-père ! Alors, qui sait, As, mon garçon, tu seras peut-être un cochon extraordinaire quand tu seras grand.

« Seulement voilà. Tu ne grandiras jamais, se disait le fermier. J'irai vous vendre, toi et tes frères et sœurs, quand vous aurez huit semaines, et, quelques mois plus tard, vous serez tous réduits à l'état de chair à saucisse. »

Il avait pris soin de ne pas exprimer ces dernières pensées à haute voix. « Et pourquoi ? » se demanda-t-il. Eh bien, parce que le petit cochon aurait pu comprendre ce qu'il disait – oui, il en était bien capable.

Sur la face grasse et rougeaude de Tubbs le fermier s'épanouit soudain un large sourire. Il secoua la tête et, se frappant le front avec l'index, il s'écria :

– Tu es un idiot, Ted Tubbs, oui, ça oui ! Qui a jamais entendu parler d'un cochon capable de comprendre le langage des hommes ? Peux-tu imaginer une chose pareille, As ? Eh bien, qu'en dis-tu ?

Le petit cochon grogna deux fois.

UN MATIN, SIX OU SEPT SEMAINES PLUS TARD, AS DE TRÈFLE APPELA SA MÈRE :

– MAMAN ? DIT-IL.

– OUI, MON PETIT ?

– Quel est le bruit qu'on entend au-dehors ?

– C'est le camion de ramassage du fermier, mon petit.

– Et que vient-il ramasser, maman ?

– Toi, mon petit. Toi et tes frères et sœurs. Il va vous emmener faire une jolie promenade.

– Et où cela, maman ?

La truie, qui connaissait la réponse à cette question, n'en comprenait pourtant pas toute la signification. Au fil des années, quand ses enfants avaient atteint un certain âge, elle les avait vus disparaître vers cette même destination et, à dire vrai, elle était chaque fois soulagée de s'en séparer. Élever une portée de porcelets continuellement affamés était vraiment une rude tâche !

– On vous emmène au marché, dit-elle d'une voix enjouée.

– Où est-ce ?

– C'est un endroit... un endroit très animé où l'on passe des vacances, j'imagine, à en juger par le nombre d'animaux de toute espèce que l'on y mène. Vous vous y plairez certainement. Vous vous ferez de nouveaux amis, je pense, et vous vous amuserez beaucoup.

A ces mots, les six frères et sœurs d'As, très excités, se mirent à courir en rond dans la porcherie en poussant des cris aigus. As, lui, ne bougeait pas et semblait pensif.

– Mais maman, dit-il enfin, pourquoi devons-nous aller au marché ? Je me plais bien ici. Je ne veux pas partir. Est-ce que j'y suis vraiment obligé ?

– Pourquoi poses-tu tant de questions ? dit la truie d'un ton brusque, et elle s'éloigna dans un coin isolé de la porcherie où elle s'affaissa dans la paille en poussant un soupir de soulagement.

Enfin un peu de repos ! Dans un demi-sommeil, elle entendait les cris perçants des porcelets que Tubbs le fermier attrapait pour les fourrer à l'arrière de son camion.

Puis ce fut le bruit du moteur qui s'éloignait. Elle ferma les yeux et s'endormit.

Mais quand, plus tard, elle s'éveilla et sortit dans la cour, une belle surprise l'attendait. As de Trèfle n'était pas parti pour le marché.

– Bonjour, maman, dit-il.

– Pourquoi n'es-tu pas parti pour le marché ? demanda la truie d'un ton maussade.

– Je ne voulais pas y aller. Je te l'ai dit.

– Tu ne voulais pas ! Mais il ne s'agit pas de ce que tu veux ou non ; c'est le fermier qui décide. Pourquoi ne t'a-t-il pas emmené ?

– Je n'ai pas voulu. Il m'a dit : « Veux-tu aller au marché ? » et j'ai répondu : « Non. »

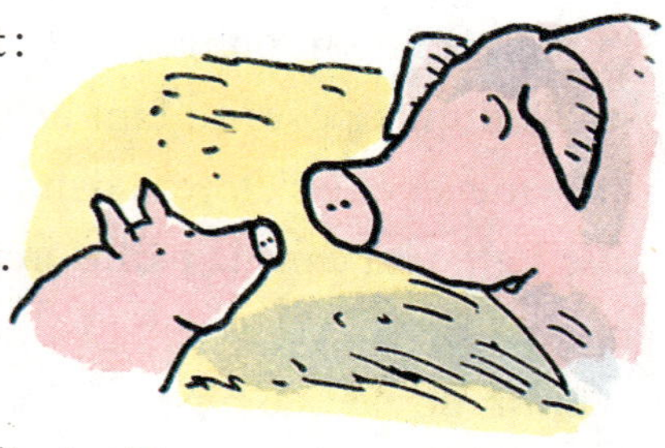

– Petit imbécile ! dit la truie. Comment aurait-il pu savoir si tu disais « oui » ou « non » ?

« C'est que je l'ai dressé, se dit As. Deux grognements pour "oui", et un pour "non". Je crois qu'il a compris maintenant. »

– Et toi, reprit sa mère, comment as-tu fait pour savoir ce qu'il disait ? Les cochons ne comprennent pas le langage des hommes.

– Vraiment ? dit As.

Et il pensa : « C'est bizarre ! Moi, si. »

– Non, dit la truie. Ils en sont incapables. Aucun cochon ne l'a jamais fait et ça n'est pas près de changer. Je n'ai jamais rien entendu d'aussi absurde. Mais ça ne me dit pas pourquoi il t'a laissé ici en prenant les autres.

A cet instant, ils entendirent le bruit du camion qui rentrait. Le moteur s'arrêta et des pas se rapprochèrent de la porcherie.

– Enfin ! dit la truie en poussant un soupir de soulagement. Il est revenu te chercher. Il a dû t'oublier quand il attrapait les autres. Ah ! vraiment, tu ne voulais pas aller au marché ! Petit entêté !

Le visage de Tubbs parut au-dessus du mur et de la porcherie.

– Ne t'en fais donc pas comme ça, ma pauvre vieille, dit-il à la truie qui soufflait, haletait, grognait. Tu vas pouvoir te reposer tranquillement. Je m'en vais te débarrasser du jeune As sur-le-champ. Dis au revoir à ta mère, As.

– Au revoir, maman, dit As.

– Au revoir, dit la truie.

Puis, sentant combien elle s'était montrée sévère avec lui, elle ajouta « mon petit » et aussi « amuse-toi bien ».

Enfin, elle retourna vers sa litière en se dandinant.

Tubbs attendit un moment. Les coudes appuyés sur le muret de la porcherie, il regardait à ses pieds le petit cochon qu'il avait décidé de ne pas emmener au marché.

– Je t'ai sauvé la couenne, pour l'instant du moins, dit-il. Pour sûr, tu ne peux pas savoir de quoi je parle ; pourtant je suis sûr que tu vas répondre à ton nom, tout à l'heure, quand je t'appellerai – tout comme un chien, pas vrai ? As ! As ! Voilà ton nom, mon garçon. As de Trèfle. Les hommes aiment les cartes, tu sais, et on peut jouer avec les cartes à toutes sortes de jeux. Dans un jeu, il y en a cinquante-deux : carreaux, cœurs, piques et trèfles. Pourquoi je te dis tout ça, je n'en sais fichtre rien.

Il ouvrit la porte de la porcherie et la referma avec soin derrière lui. Il n'aurait voulu pour rien au monde que le porcelet se sauvât dans la cour et aille gambader un peu partout. Il s'attendait à un rude combat pour l'attraper même dans la porcherie et il pensait qu'une fois pris, le petit cochon pousserait des cris perçants, se débattrait et se tortillerait comme ses frères et sœurs l'avaient tous fait.

– Du calme, maintenant, dit-il en se rapprochant de lui. Pas d'histoires !

Mais As se tint parfaitement tranquille. Il se laissa prendre sans opposer la moindre résistance ni pousser un cri.

– Tu es vraiment un cochon extraordinaire, As ! dit Tubbs en emportant le porcelet.

Parce qu'il se montrait si docile dans ses bras (et aussi parce qu'il n'était plus très léger), le fermier prit le risque de le poser sur le sol, le temps de pousser le verrou.

– Reste assis une minute, As, tu es un bon gars, dit-il, sans bien se rendre compte de ce qu'il disait.

Quand il se retourna, il vit le petit cochon, assis, qui attendait.

– Ah, ça ! Ça alors ! dit Tubbs. On jurerait... Oh, non, ne sois pas si stupide, Ted Tubbs !

Il fixa As de Trèfle d'un regard long et pénétrant qui dura bien une minute et As de Trèfle, à son tour, le regarda, sagement assis sur son derrière potelé.

Alors Tubbs toussa, un peu nerveusement, prit une large inspiration et dit :

– Et maintenant, As, en avant, marche !

Il s'engagea dans la cour. Comme dans un rêve, il vit le petit cochon marcher à sa gauche, le groin rose sur ses talons, arborant fièrement sur son flanc l'étrange forme noire de son emblème.

Peut-être à cause de la démarche si martiale du porcelet, Tubbs se revit des années en arrière, à l'époque de son service militaire ; il carra les épaules, bomba le torse et rentra l'estomac. Gauche, droite, gauche, droite ! Ils traversèrent ainsi la cour jusqu'à la porte d'une cabane, à l'extrémité opposée. Là, Tubbs cria, tout naturellement :

– Halte !

As s'arrêta pile.

A l'intérieur de la cabane, le fermier n'eut que le temps de s'affaler sur une botte de paille. D'étranges pensées se bousculaient dans sa tête et ses jambes se dérobaient sous lui. Il se passa la langue sur les lèvres, prit une nouvelle inspiration et dit d'une voix rauque :

– Couché, As !

As se coucha.

Tubbs avala sa salive. Il sortit de sa poche un grand mouchoir blanc à pois rouges et s'épongea le front.

– As, dit-il, écoute-moi bien. Il ne doit pas y avoir d'erreur. Je ne sais pas si je me fais des idées ou si je suis tombé sur la tête... C'est peut-être une simple coïncidence, ou alors c'est... un miracle. Mais je veux en avoir le cœur net. Aussi réponds-moi honnêtement, mon petit As de Trèfle, tu vas dire la vérité au vieux Ted Tubbs.

Il fit une pause puis, très lentement et en articulant distinctement, il demanda :

– Peux-tu... comprendre... tout... ce... que... je... dis ?

Le petit cochon grogna deux fois.

« J'ESPÈRE QUE TU VAS COMPRENDRE CE QUE, MOI, J'AI À TE DIRE », PENSA AS. ON SAIT QUE LES COCHONS SONT TOUJOURS AFFAMÉS ; ET IL N'AVAIT PAS AVALÉ une bouchée depuis le matin, c'est-à-dire bien avant le départ du fermier pour le marché. Il se sentait à présent une véritable fringale, et pour le faire savoir il poussa un cri bref mais perçant. Tubbs n'avait pas passé sa vie à élever des cochons pour ne pas savoir ce qu'un tel appel signifiait. Ce pouvait être la colère, la peur ou la faim. Et puisque le porcelet n'avait l'air ni furieux ni effrayé, il comprit le message et se hâta d'aller lui chercher quelque chose à manger.

– Il n'est pas si stupide qu'il en a l'air, dit As à haute voix.

– Il n'a pas intérêt à l'être, dit quelqu'un.

En se retournant, As aperçut dans l'ombre, au fond de la cabane, une silhouette insolite : recouverte d'une toison de longs poils gris qui tombait le long de ses flancs, à la façon de rideaux, elle portait une barbe grise et une paire de cornes pointues et recourbées.

La chèvre s'avança dans la lumière et, regardant le porcelet, lui demanda :

– Comment t'appelles-tu ?

– As, As de Trèfle.

– Drôle de nom, dit la chèvre. D'où vient-il ?

– C'est à cause de cette marque, dit-il. Ça a quelque chose à voir avec un jeu auquel jouent les hommes, et qu'on appelle les cartes.

– Comment sais-tu tout ça ? demanda la chèvre.

– Il me l'a dit. Ted Tubbs me l'a dit.

– Ted Tubbs ? C'est comme ça qu'il s'appelle ? Comment le sais-tu ?

As eut envie de répondre comme sa mère : « Pourquoi poses-tu toutes ces questions ? » mais la chèvre, avec ce sixième sens qui caractérise les animaux, continua :

– Excuse-moi de te poser toutes ces questions, mais je suis curieuse de savoir comment tu arrives à comprendre ce qu'il dit.

Le regard de ses yeux dorés était doux et bon.

– Je le comprends, c'est tout, dit As. Je ne sais pas comment. Je croyais que tous les animaux le pouvaient aussi, mais mère m'a dit que ça ne s'était jamais vu chez les cochons.

– Ni chez les chèvres, ajouta la chèvre. Ni chez les vaches, les moutons, les chevaux ou les poules, pour autant que je sache. J'ai passé toute ma vie ici – une quinzaine d'années – et le seul mot que je reconnaisse quand il me parle, c'est mon nom.

– Et c'est quoi ?

– Nanny.

A cet instant, Tubbs ouvrit la porte et apporta un seau de pâtée. Il le déversa dans l'auge qui occupait un coin de la cabane et resta là, regardant d'un air satisfait As qui se hâtait de l'engloutir.

– J'ai un truc à te dire, Nanny, dit-il, en caressant le dos hirsute de la vieille chèvre. Tu vois ici un cochon tout à fait extraordinaire. Je ne parle pas seulement de la marque qu'il a sur le dos : je mettrais ma main à couper que ce cochon comprend ce que je dis.

Il attendit qu'As ait léché l'auge jusqu'à la dernière miette de nourriture et qu'il se tournât vers lui, pour ajouter :

– Et maintenant, As, mon garçon, permets-moi de te présenter Nanny. Je te laisse ici avec elle afin qu'elle te surveille un brin et qu'elle t'apprenne une chose ou deux. Elle a élevé bien des enfants, ma chère Nanny, et il n'y a pas grand-chose qu'elle ignore. Elle te tiendra compagnie, ça t'évitera de te sentir seul.

– Qu'est-ce qu'il a dit ? demanda Nanny après le départ du

fermier. J'ai entendu prononcer mon nom une ou deux fois, mais pour le reste, c'était le charabia habituel.

– Il a dit que tu avais de l'expérience, dit As.

– Je ne suis pas née d'hier.

– Il a dit aussi qu'il me laissait ici avec toi. J'espère que cela ne te dérange pas.

– Pas le moins du monde, dit Nanny. Tu me tiendras compagnie. Ça m'évitera de me sentir seule.

Elle tira un brin de foin du râtelier et se mit à le mâchonner pensivement.

– Comment se fait-il que tu ne sois pas parti pour le marché ce matin ? demanda-t-elle. Je regardais dehors et j'ai vu une flopée de porcelets partir dans le camion. Pourquoi t'a-t-il laissé ?

– Il m'a demandé si je voulais y aller et j'ai dit « non », répondit As.

– Tu veux dire que non seulement tu comprends le langage de... comment l'as-tu appelé ?

– Ted Tubbs.

– Que non seulement tu comprends Ted Tubbs, mais qu'il peut aussi comprendre ce que toi, tu dis ?

– Trois choses seulement, répondit As. Un grognement pour « non », deux grognements pour « oui » et un cri aigu pour « à manger ». Ça, je crois qu'il l'a bien compris.

– Est-ce que tu vas lui en apprendre davantage ?

– Je ne sais pas encore. Je suppose que je pourrais augmenter le nombre de grognements, trois pour ceci, quatre pour cela, etc., mais je ne sais pas s'il y arrivera. Qu'en penses-tu, Nanny ?

– Ce sera peut-être trop pour lui, dit Nanny. Ce n'est pas une lumière. Il vaudrait mieux lui montrer ce que tu veux.

– Comment ça ?

– Eh bien, qu'est-ce que tu as envie de faire ?

As réfléchit.

– J'aimerais bien faire un tour dans la ferme, dit-il. Tu vois ce que je veux dire : visiter chaque endroit, faire la connaissance des autres animaux. Jusqu'à présent, j'ai passé ma vie dans la porcherie, et maintenant me voilà enfermé ici.

– Bien sûr, dit Nanny. Tu voudrais sortir de cette cabane. Je ne peux pas ouvrir la porte ; tu ne peux pas non plus ; mais lui... Je ne peux pas lui dire de l'ouvrir, mais toi... Alors à toi de lui montrer ce que tu veux.

– Comment ?

– Écoute, dit Nanny, et elle lui fit part d'un plan très simple.

Quand Tubbs revint et entrouvrit la porte de la cabane pour apporter à Nanny sa litière fraîche pour la nuit, la vieille chèvre se mit à bêler. Pour le fermier, c'était un simple bêlement. Pour As, c'était le signal convenu. Le porcelet suivit le fermier jusqu'à la mangeoire et lui donna un coup de groin dans le mollet.

– Que t'arrive-t-il, As ? demanda Tubbs.

Pour toute réponse, le petit cochon se dirigea vers la porte que le fermier venait de refermer et la frappa à plusieurs reprises du museau, jusqu'à la faire grincer sur ses gonds.

– Tu veux que je l'ouvre ?

Deux grognements.

– Pourquoi ?

As fit deux fois le tour de la cabane puis revint à la porte et la frappa à nouveau.

– Tu veux aller te promener ? dit Tubbs. Ah, ça ! Ça alors ! Et puis quoi encore ? Tu veux que je t'accompagne ?

Un grognement.

– Bon, d'accord. Mais tu rentreras quand je t'appellerai, compris ?

Rassuré par une réponse affirmative, le fermier ouvrit la porte.

– Et il le fera, dit-il à Nanny. Tu ne comprends pas ce que je te dis parce que tu n'es pas une lumière. Mais As, lui... Ben, il peut tout faire sauf parler. On pourrait même dire qu'il est trop futé pour parler.

TOUT EN VAQUANT À SES OCCUPATIONS, TUBBS LE FERMIER NE CESSAIT DE SE TOURMENTER au sujet de son protégé. « Ce que tu es bête, Ted Tubbs, se disait-il. Les cochons, ça doit rester à la porcherie et tu ne vas pas les laisser vagabonder où bon leur semble. Je ne peux pourtant pas le suivre partout, j'aurais l'air de ne pas lui faire confiance. Faire confiance à un cochon, ça va pas la tête ! Mais enfin, il pourrait se blesser, ou s'enfuir ou encore se perdre. Un porcelet de cette taille, ça vaut quelques billets, mais pour être honnête, ce n'est pas une question d'argent. C'est que je l'aime bien moi, ce petit cochon. »

Il ne cessait de regarder sa montre et se força à laisser une heure entière s'écouler avant de se diriger vers la cabane dans le vague espoir que le porcelet y serait revenu de lui-même et qu'il l'y attendrait, sain et sauf. Mais As n'avait pas reparu.

Derrière lui, il entendit le bruit que faisait Nanny en posant ses pattes de devant sur le vantail de la porte pour regarder au-dehors.

– Eh bien, Nanny, dit Tubbs. Il en met un temps ! Il va faire nuit. Il faut le faire rentrer, pas vrai ?

Il appela : « As ! », puis attendit une ou deux minutes, mais en vain. Alors, il se mit à crier à tue-tête :

– Véééé... Véééé... Véééé... Véééé... Viens !

C'étaient les cris qu'il lançait toujours pour faire revenir à la ferme les vaches, les moutons ou les poules ; mais bien qu'on entendît au loin quelques beuglements ou bêlements et qu'à son appel une bande de vieilles volailles accourût précipitamment dans la cour, As ne se montrait toujours pas.

« Tu es un idiot, Ted Tubbs, se dit le fermier. Où donc as-tu la tête ? Il n'y a qu'un moyen de le faire revenir. »

Mettant ses mains en porte-voix, il prit une large inspiration et, après avoir pris son souffle, il se mit à lancer les appels par lesquels les éleveurs de cochons rappellent leurs animaux – on les voit alors rentrer ventre à terre, la queue frétillante.

– Cochon-cochon-cochon-cochon-cochon-cochon-cochon-cochon ! rugissait Tubbs.

L'instant d'après, un trottinement se fit entendre au loin et As apparut, galopant aussi vite qu'il le pouvait avec ce mouvement de cheval à bascule qui caractérise les cochons.

– Qu'est-ce que je t'avais dit ? s'exclama Tubbs en se tournant triomphalement vers Nanny.

Mais, en son for intérieur, il poussa un soupir de soulagement en ouvrant la porte à As de Trèfle haletant et tout essoufflé.

– Brave gars ! dit-il en caressant le petit cochon (tout comme si c'était un chien, pensa-t-il). Tu es un brave gars, As !

Mais il obtint pour toute réponse un cri perçant, légèrement étouffé par la fatigue de la course, si bien qu'il se hâta d'aller chercher sa pitance.

Quand le fermier (et la pâtée) eurent enfin disparu, Nanny se rapprocha :

– Alors, raconte !

– Je me suis bien amusé, dit As. J'ai bavardé avec les brebis, j'ai conversé avec les vaches, j'ai causé avec les canards, j'ai discuté avec les dindons et j'ai parlé avec les poules. Et tu avais raison, Nanny. J'ai fait le tour des animaux pour leur demander s'ils comprenaient le langage de Ted Tubbs. Eh non ! Bien sûr, ils peuvent reconnaître quand il les appelle, mais c'est tout.

– Les vaches savent leurs noms, j'en suis sûre, dit Nanny.

– Oh, oui ! dit As. Presque toutes ont des noms de fleur comme Bouton d'Or, Marguerite, Primerose, tu vois le genre. Mais je vais te dire une chose amusante, Nanny : les moutons ont tous le même nom.

– Ah, bon ?

– Oui. J'ai demandé à l'un d'eux : « Comment t'appelles-tu ? », il m'a répondu : « Bernard. » J'ai demandé au suivant : « Et toi ? », il m'a encore répondu : « Bernard. » Je les ai interrogés chacun leur tour et ils m'ont tous répondu : « Bêêêêrnard. »

– C'est drôle ! dit Nanny en le regardant droit dans les yeux.

– N'est-ce pas ? dit As.

Il eut un énorme bâillement et se blottit dans la paille.

– Bon, eh bien bonne nuit, As ! dit la vieille chèvre. Dors bien et fais attention aux mouches.

Mais seul un ronflement lui répondit.

Le ventre plein, épuisé par ses pérégrinations (car il avait de petites pattes), As dormit cette nuit-là comme une bûche. Quand il s'éveilla, il faisait grand jour et le soleil levant pénétrait dans la cabane par les vantaux de la porte. As se mit debout et s'ébroua. Allongée sous le râtelier, Nanny mastiquait selon un rythme régulier.

– Bonjour, Nanny, dit As.

– Elle ne peut pas répondre, dit une voix.

Levant la tête, As vit un chat perché sur le râtelier. C'était un gros matou blanc avec un œil jaune et l'autre vert.

– Mais pourquoi ? dit-il.

– Parce qu'elle mange, dit le chat. Elle rumine. On ne parle pas la bouche pleine. Ta mère ne te l'a pas appris ?

– Non, dit As. Mais pourquoi ? demanda-t-il encore.

– C'est impoli, dit le chat.

A cet instant, Nanny avala bruyamment et se leva.

– Laisse-le tranquille, Clarence, dit-elle. Tu vois bien que ce n'est qu'un gamin.

Et, s'adressant à As, elle lui dit :

– Voici un vieil ami à moi. Il s'appelle Clarence.

– Comment vas-tu ? dit As.

– Pas mal, vu les circonstances, dit le chat.

– Quelles circonstances ?

Le chat le regarda d'un air narquois.

– O.T.T.O., dit-il.

– Qu'est-ce que ça veut dire ?

– Occupe-Toi de Tes Oignons !

– Clarence ! dit Nanny.

Puis, s'adressant au porcelet, elle le rassura :

– Ne fais pas attention à lui. C'est sa façon d'être, mais il n'est pas méchant.

– P.M.P., dit As.

– Qu'est-ce que ça veut dire ? demanda Clarence.

– Pas Mon Problème.

– Petit futé, hein ? Comment t'appelles-tu ?

– As de Trèfle.

D'un bond souple, le chat blanc sauta à bas de son perchoir et fit lentement le tour du porcelet. Il inspecta d'abord le flanc droit (blanc) avec son œil gauche (jaune), puis le flanc gauche (tacheté) avec son œil droit (vert).

– J'ai déjà vu ce signe bizarre quelque part, dit-il.

– Ça a un rapport avec un jeu du fermier, dit As. Ce qu'il appelle le jeu de cartes.

– Ah oui, c'est ça ! dit Clarence. Je l'ai regardé y jouer. Il s'assoit et il aligne sur la table tous ces morceaux de carton. Quelques-uns portent des signes noirs, d'autres des signes rouges, d'autres des images.

– Il y en a cinquante-deux, dit As. Pique, cœur, carreau et trèfle. C'est drôle, n'est-ce pas ? Je croyais que pour jouer il fallait être plusieurs : avec mes frères et sœurs, nous jouions à nous courir après, à chat, par exemple... C'est bizarre qu'il joue tout seul. Il doit avoir beaucoup de patience.

– Une minute, monsieur Je-sais-tout, dit Clarence. Essaierais-tu de me dire que tu es entré dans la maison du fermier ?

– Oh, non !

– Alors, comment sais-tu ce qui concerne les cinquante-deux cartes, les cœurs, les trèfles et tout ça ?

– C'est Ted Tubbs qui me l'a dit.

– Ted Tubbs ?

– C'est comme ça que le fermier s'appelle, Clarence, dit Nanny. Toi et moi, nous n'avons jamais su son nom, mais As le connaît. Figure-toi qu'As comprend son langage.

– Tu veux dire, reprit Clarence, que tu peux comprendre chaque mot que... Comment s'appelle-t-il ?

– Ted.

– ... que dit Ted ?

– Oui, dit As. Je croyais que tous les animaux le pouvaient aussi, mais il paraît que je suis une exception.

– Il faudra t'y faire, Clarence, dit Nanny. Tu ne seras plus le seul désormais à t'asseoir confortablement dans le fauteuil de la jolie maison douillette de Ted pour le regarder jouer aux cartes. As y sera aussi.

Clarence fit entendre un long miaulement amusé.

– Pas pour longtemps, dit-il, car monsieur Je-sais-tout ne manquera pas de faire bientôt un faux pas.

– Qu'est-ce que tu veux dire ? demanda As.

– Seuls les chats et les chiens sont admis à l'intérieur des maisons parce qu'ils sont les seuls à être propres.

– C'est-à-dire ?

Clarence prit un air dégoûté et indiqua, d'un regard dédaigneux, le gros excrément au milieu de la paille.

– On ne doit pas faire « ça » sur le tapis, dit-il. Ni l'autre chose, d'ailleurs.

– Pourquoi ?

– C'est impoli. Ta mère ne te l'a pas appris ? Pour les gens, cela n'a pas d'importance si tu le fais dehors, mais dedans, c'est tout simplement grossier. Nous, les chats, nous enterrons ce genre de choses, de toute façon.

– Oh ! dit As. Est-ce que Ted le fait dehors ?

– Non, non et non, dit Clarence. Il a une petite pièce spéciale réservée à cet usage, avec une sorte de fauteuil blanc percé d'un trou au milieu.

– Il est presque aussi propre qu'un chat, dit Nanny en se retenant de rire.

– Voilà qui serait difficile, dit Clarence d'un ton suffisant.

D'un saut brusque, il se percha sur le vantail de la porte et disparut.

As réfléchit à tout ce qu'il venait d'entendre.

– Nanny, demanda-t-il, est-ce que tu es propre ?

Nanny émit un bêlement qui ressemblait fort à un éclat de rire.

– Pas tout à fait, dit-elle. Une crotte de bique est une crotte de bique !

– Et moi, penses-tu que je pourrais l'être un jour ? Je voudrais bien voir à quoi ressemble la maison de Ted. Tu crois que je pourrais m'entraîner ?

– As, dit Nanny, plus je te connais et plus je suis persuadée que tu peux tout faire. Sauf te mettre à voler.

À COMPTER DE CE JOUR-LÀ TUBBS LE FERMIER LAISSA LE PORCELET ALLER ET VENIR LIBREMENT. Les premiers temps, il l'avait bombardé d'une série de recommandations du genre : « Ne t'éloigne pas ! Ne va pas près de la route ! Ne tombe pas dans la mare aux canards ! Ne fais pas peur aux poules ! » et ainsi de suite... Mais, peu à peu, comme la conduite d'As était irréprochable, le fermier le laissa sortir sans rien dire. Il savait maintenant qu'il ne lui arriverait rien de fâcheux et que le cochon reviendrait à la cabane au moindre appel. Jamais il ne lui vint à l'esprit de lui interdire l'accès de la maison.

As, de son côté, n'était pas tellement pressé. Il en avait discuté avec Nanny et la chèvre l'avait mis en garde contre toute précipitation.

– Ne le bouscule pas, dit-elle. Avoir un cochon dans sa propre maison n'est pas une habitude très répandue parmi les hommes. Il pourrait le prendre mal. Et une chose est sûre : tu dois continuer à marcher droit.

– Quel mal y aurait-il à marcher en rond ? demanda As.

– Aucun. C'est simplement une façon de parler. Marcher droit, ça signifie rester dans ses bonnes grâces.

– Ses bonnes grâces ? Je ne comprends pas.

– Désolée, dit Nanny. Tu as l'esprit si vif, mon garçon, que j'oublie parfois combien tu es jeune et inexpérimenté. Ce que je veux dire, c'est qu'il est important que Ted te prenne en affection et qu'il te traite comme un animal de compagnie.

– Qu'est-ce qu'un animal de compagnie ? demanda As.

– C'est un animal que les gens aiment garder près d'eux, pour leur tenir compagnie, comme un chien ou un chat.

– Es-tu un animal de compagnie, toi ?

– En quelque sorte.

– Et les autres animaux de la ferme : le bétail et la volaille ?

– Non, ce ne sont pas des animaux de compagnie, dit Nanny, car ils finiront tous par être mangés. Tôt ou tard, jeunes ou vieux, tout pareil, ils seront tués et les gens les mangeront.

As frissonna.

– Mes frères et sœurs, dit-il, qui sont partis pour le marché... ?

– Quelqu'un là-bas les aura achetés afin de les engraisser et de les tuer ensuite. Et ça pourrait encore t'arriver, As, si tu mettais Ted Tubbs en colère.

– Tu veux dire (et il baissa la voix) si je... voyons, qu'a dit Clarence ?... Si je fais un faux pas ?

– Exactement, répondit Nanny. Je ne dis pas que tu ne pourras pas pénétrer un jour dans la ferme, si tel est ton désir. Mais ne mets pas la charrue avant les bœufs, ne rue pas dans les brancards et mesure l'obstacle avant de sauter. La première chose dont tu dois te souvenir, c'est que le fermier n'est pas seul à habiter sa ferme.

– Ah, bon ! Qui d'autre y habite ?

– Clarence et Megan. Pour Clarence, ce n'est pas un problème – je n'aurai qu'à lui dire un mot –, mais pour Megan, c'est différent.

– Qui est Megan ?

– La chienne de Ted. Tu n'as pas dû la rencontrer. Elle ne se soucie pas de prendre l'air.

– Je crois l'avoir vue, dit As. Brunâtre ?

– Oui.

– Courte sur pattes ?

– Oui.

– Avec de grandes oreilles qui rebiquent et un petit bout de queue ?

– Oui.

– Et très grosse ?

– C'est bien Megan. Elle adore manger, Megan. Ce doit être la chienne corgi la plus grasse qui soit jamais venue du pays de

Galles. Eh bien, il faudra la mettre de ton côté. Les chats, vois-tu, s'intéressent peu aux gens, ils sont trop préoccupés d'eux-mêmes ; mais le chien se considère comme le meilleur ami de l'homme. Megan pourrait être très jalouse. Mais si elle te prend en sympathie, je crois que tu auras gagné.

– Comment puis-je me faire aimer d'elle ? dit As.

– Je vais te confier un secret, dit Nanny. Megan, vois-tu, est terriblement snob.

– Qu'est-ce qu'un snob ?

– Quelqu'un qui se prétend d'une naissance supérieure.

– Et elle l'est ?

– Non, mais elle regarde de haut tous les autres chiens qu'elle considère comme de vulgaires bâtards. Elle, à ce qu'elle prétend, elle est de sang royal.

– Et elle l'est ?

– Demande-le-lui, dit la vieille chèvre. Je ne vais pas t'en dire plus au sujet de Megan : le mieux est que tu la questionnes toi-même, avec beaucoup de tact bien entendu ; et

n'oublie pas de paraître extrêmement impressionné par ce qu'elle te dira. Oh, et surtout ne l'appelle pas Megan ! Ce serait beaucoup trop familier.

– Comment devrai-je l'appeler ? dit As.

– Madame, dit Nanny.

Fort de ces conseils, As commença par changer ses habitudes. Dorénavant, il faisait chaque jour un grand tour de la ferme, ce qui lui donnait l'occasion de bavarder avec tous les autres animaux (car c'était un cochon très sociable). Rencontrer les canards, les oies et les poules était chose aisée car ils erraient tous en liberté. Quant aux vaches, As avait appris à se glisser sous le dernier rang de barbelés de leur clôture. Mais celle des moutons était plus délicate à franchir car le jeune As avait tellement grossi (il n'était plus un porcelet) qu'il ne pouvait plus passer à travers le grillage. Du reste, ce n'était pas une grande perte, attendu qu'aucun des moutons ne lui avait jamais dit autre chose que « Bernard ».

Les premiers temps, il avait rendu visite à sa mère pour lui dire bonjour, mais il y avait renoncé. D'abord, les murs de la porcherie étaient trop hauts pour qu'ils puissent se voir ; et puis, elle n'avait pas vraiment eu l'air d'apprécier ses visites.

– Je te croyais parti pour le marché, dit-elle la première fois qu'elle entendit de nouveau sa voix.

Elle semblait déçue. Et par la suite, la seule réponse qu'il obtint en retour à son joyeux salut fut un grognement. Il l'oublia donc. A présent, à peine le laissait-on sortir dans la cour, le matin, qu'il allait droit vers la ferme, dans l'intention de rencontrer Megan.

Derrière la maison s'étendait une pelouse bordée de massifs dans lesquels As se dissimulait pour observer les événements. Il constata que la même scène se répétait chaque matin. Quand Ted Tubbs avait terminé de traire les vaches, il rentrait dans la ferme pour prendre son petit déjeuner. Alors la chienne corgi sortait sur la pelouse et se vautrait dans l'herbe, tout à son aise. S'il faisait beau, elle s'étendait un moment au soleil, mais à la première goutte de pluie ou au premier souffle de vent, elle rentrait aussi vite que le lui permettaient ses petites pattes qui devaient supporter son corps.

Pendant plus d'une semaine, As, immobile, observa Megan, cherchant le meilleur moyen de l'approcher. La première impression, se disait-il, pouvait être décisive. Finalement, les circonstances le favorisèrent.

Par une matinée ensoleillée, il était couché dans les buissons, épiant Megan à travers les feuilles, quand une voix dit soudain :

– Alors, petit curieux !

Faisant volte-face, As aperçut, assis à quelques mètres de là, Clarence qui le fixait de son froid regard jaune et vert.

– Je ne vois pas ce que tu veux dire, dit-il d'une voix troublée.

– On se cache dans les buissons, dit Clarence, pour épier une dame. Ça ne se fait pas.

– Pourquoi pas ?

– C'est impoli. Ta mère ne te l'a pas appris ? Voyons, que cherches-tu exactement, monsieur Je-sais-tout ?

As préféra dire la vérité, non par calcul mais parce qu'il était foncièrement honnête.

– Clarence, dit-il, voudrais-tu me faire une faveur ? Voudrais-tu me présenter à Megan ?

– Pourquoi le ferais-je ?

– Eh bien, tu sais que j'ai très envie de devenir un cochon de compagnie et de vivre dans la maison, comme Megan et toi. Nanny dit que toi cela t'est égal, mais que Megan pourrait ne pas apprécier.

Clarence se lissa les moustaches d'un air pensif.

– Tu es vraiment un drôle de type, dit-il. Ce que tu fais, je m'en moque. En ce qui me concerne, c'est... comment disais-tu ?

– P.M.P.

– C'est ça. Et, à mon avis, tu n'as aucune chance de réussir. Quoi qu'en pense le fermier, je connais quelqu'un qui ne l'acceptera jamais, c'est S.A.R.

– S.A.R. ?

– Son Altesse Royale que tu vois là-bas : la princesse occidentale de Llanllowell.

– Megan s'appelle vraiment comme ça ?

– Eh oui ! Enregistrée au Cercle Canin, dix fois championne du pedigree, toutes ces bêtises. Pas de quoi fouetter un chat ! dit Clarence.

Il se leva et traversa la pelouse vers la chienne, suivi par As.

– Megan, dit-il quand il fut à sa hauteur, je te présente As. As, voici Megan.

Et il s'éloigna d'un pas nonchalant, en agitant la queue.

As se tint dans l'attitude la plus courtoise qu'il put trouver, les deux petits sabots sagement posés l'un près de l'autre. De près, il voyait qu'elle n'avait pas le poil brunâtre, mais d'une belle couleur fauve, et le poitrail d'une blancheur de neige.

Les oreilles dressées, la tête haute, elle le toisa d'un regard impérieux. A son expression, on aurait pu croire qu'elle respirait une mauvaise odeur. As s'éclaircit la voix et, gardant les yeux baissés, il dit :

– Madame, je suis votre serviteur.

LA CHIENNE CORGI NE RÉPONDIT PAS. LUI JETANT UN COUP D'ŒIL À LA DÉROBÉE, AS CRUT QUE SON REGARD S'ÉTAIT QUELQUE PEU RADOUCI. N'avait-il pas perçu un léger frémissement de sa petite queue ? « Autant y aller carrément », pensa-t-il.

– Je vous prie d'accepter mes excuses, madame, dit-il, pour avoir interrompu votre promenade. Que Votre Majesté me pardonne.

Cette fois la petite queue se mit à s'agiter fébrilement.

– Enfin de belles manières ! dit Megan. Nous sommes terriblement lasse de nous entendre appeler Megan tout court par ce chat. Qui vous a dit que nous étions de sang royal ?

– Une amie, madame, Nanny la chèvre.

– La chèvre ! dit Megan d'un ton méprisant. Une créature de bas lignage sans aucun doute, voyez-vous. Une crotte de bique ! Nous sommes surprise qu'elle ait connaissance de notre rang. Que vous a-t-elle dit à notre sujet ?

As, qui n'avait jamais entendu le pluriel de majesté, s'habituait peu à peu à la manière de parler de la chienne ainsi qu'à son accent raffiné, si différent du langage rustique de Tubbs le fermier.

– Elle a dit que vous aviez un excellent pedigree, madame, répondit-il. Bien que je ne comprenne pas tout à fait, j'en ai peur, le sens de ce mot.

– Pas une minute nous n'aurions imaginé le contraire, dit Megan.

Elle lança un coup d'œil entendu à la marque qui ornait le flanc gauche d'As.

– Vous n'êtes pas de pure race, dit-elle. Cela semble évident.

– Je ne crois pas, dit As.

– Et vous ne savez rien de vos ancêtres, je présume ?

– Non. On m'a dit pourtant que mon arrière-grand-père était un cochon de berger.

– Grands dieux ! On ose à peine y penser !

– S'il vous plaît, madame, dit As, pourriez-vous me dire quelque chose au sujet de votre famille ? Si Votre Majesté voulait avoir cette bonté.

– Quel ignorant vous faites ! dit Megan. Il n'y a qu'une seule personne dans tout le pays qui ait droit au titre de « Votre Majesté », c'est la reine. C'est la personne la plus importante du pays, voyez-vous. En ce qui concerne notre famille, le pedigree n'est pas le point le plus important. En effet, bon nombre de chiens ont des pedigrees longs d'un kilomètre sans avoir notre distinction. Non, la raison qui nous place au-dessus de toutes les autres races de chiens est la suivante : les corgis sont les chiens de la reine. Le palais de Buckingham en est plein et, où qu'elle se rende, que ce soit à Windsor, à Sandringham ou à Balmoral, la reine ne s'en sépare jamais. Vous savez qu'on appelle les enfants de la reine :

« Leurs Altesses Royales. » A ce propos, elle a donné à son fils aîné le titre de prince de Galles (certainement à cause de son amour pour les corgis). Il s'ensuit donc naturellement, voyez-vous, que chacun de ses propres chiens a droit au titre de prince ou de princesse. Et il se trouve, voyez-vous, que nous sommes nous-même directement rattachée à la race des corgis de la reine. Aussi princesse occidentale de Llanllowell est-il le titre qui nous revient de droit.

– Devrais-je donc à l'avenir vous appeler « Votre Altesse Royale » ? dit As.

– Non, non, cela c'est bon pour les humains. Les corgis étaient à l'origine sélectionnés comme chiens de berger, chargés de courir derrière le bétail. Car un chien de haute taille risquait de recevoir un bon coup sur le museau à ce jeu, mais notre race, n'est-ce pas, a de jolies petites pattes qui la préservent d'un tel danger. Bien, vous devez maintenant avoir deviné par quel titre vous devez vous adresser à moi ?

– Quel est-il ?

– « Votre Bassesse Royale », dit Megan. Mais seulement au début de la conversation. Par la suite, « madame » suffira.

– Bien, madame, dit As.

– L'audience est à présent terminée, dit Megan. Vous pouvez vous retirer. Vous pourrez en solliciter une autre demain.

– Bien, madame, dit As.

Comme il se tournait pour partir, Megan dit d'un ton brusque :

– A reculons, voulez-vous ?

– Pardon ?

– L'usage veut qu'on se retire à reculons lorsqu'on prend congé d'une personne de sang royal.

Impatient de tout raconter à Nanny, As courut d'un trait jusqu'à la cabane à bestiaux et frappa à la porte de son petit groin dur avec tant d'ardeur que Ted Tubbs, étonné, accourut pour lui ouvrir.

S'accoudant au vantail de la porte, il dit au cochon :

– Que se passe-t-il, mon gars ? Est-ce que quelque chose t'a fait peur ?

Mais, ne recevant qu'un grognement en réponse , il retourna à ses occupations.

– Qu'est-ce qu'il a demandé ? dit Nanny.

– Si quelque chose m'avait fait peur. Non, non, j'étais simplement pressé de rentrer parce que je viens de rencontrer Megan et que je brûle de te raconter cette mémorable conversation.

– « Votre Bassesse Royale », rien que ça ! dit Nanny. Quelle comédie ! Elle me fait devenir chèvre avec ses airs de pimbêche. Est-ce que tu vas supporter toutes ces simagrées, As ?

– Ah, oui ! C'est vraiment amusant. Je ne croyais pas que c'était si drôle, le snobisme.

– Je suppose qu'elle t'a dit que tu étais du peuple ?

– Eh, oui ! Et toi aussi.

– Pff ! fit Nanny.

– Crois-tu, dit As, que Megan soit vraiment de la race des corgis de la reine ?

– Pas un instant. Ce qu'elle n'a jamais compris, vois-tu, c'est que peu importe qui l'on est ; ce qui compte dans la vie, c'est ce que l'on est, et tu vaux dix fois mieux que cette grosse bête stupide. Snobisme mis à part, elle est comme tous les chiens : elle prétend comprendre le langage de l'homme. Mais comme tous les chiens, elle en est incapable. Ça ne va pas plus loin que quelques ordres auxquels elle a appris à obéir. Alors que toi, tu comprends chaque mot qu'il prononce. Est-ce que tu l'as dit à Megan ?

– Non.

Des griffes grattèrent à la porte et Clarence parut sur le vantail.

– Si tu le lui disais, elle ne te croirait pas, fit-il.

– Oh, tu nous écoutais ? dit Nanny.

– Surprendre une conversation qui ne te regarde pas, dit As, ça ne se fait pas, Clarence.

– Et pourquoi pas ?

– C'est impoli. Ta mère ne te l'a pas appris ?

Clarence ne répondit pas. Comme tous les chats, il avait le chic pour mettre les autres mal à l'aise par le simple fait de ne pas réagir, et même d'ignorer ce qui venait d'être dit. Il sauta sur le râtelier et se mit à faire sa toilette, si bien que ce fut As qui, l'instant d'après, sentit qu'il avait été impoli de se moquer de lui. Il essaya de se racheter en reprenant la conversation.

– Pour quelle raison Megan ne me croirait-elle pas, Clarence ?

Clarence prit le temps de terminer sa toilette avant de répondre.

– Parce qu'elle ne croit que ce qu'elle veut bien croire. De plus, si ton plan réussit et que tu arrives à pénétrer dans la maison, tu pourrais prendre l'avantage sur elle. Tu es capable de comprendre ce que dit Ted ; elle, non. Cela pourrait être amusant.

– Maintenant, Clarence, dit Nanny, je vois clair dans ton jeu. Tu voudrais rabattre son caquet à cette chienne, n'est-ce pas ?

Cette fois encore, Clarence ne répondit pas. Il s'allongea et se mit à lécher son nez noir avec sa langue rose. Puis il enroula sa queue blanche autour de lui, ferma son œil jaune, puis son œil vert, et s'endormit.

Le lendemain matin, quand Tubbs sortit de la ferme après son petit déjeuner, une scène étrange s'offrit à sa vue. Sa chienne, son chat et As de Trèfle étaient assis en rond au milieu de la pelouse. « N'importe qui pourrait croire, se dit-il, qu'ils sont tous les trois des animaux familiers de la maison. »

– Il va falloir te faire une raison, Megan, et toi aussi, Clarence, dit-il. Vous ne serez plus les seuls, désormais, à vous asseoir confortablement dans les fauteuils de la jolie maison douillette pour me regarder jouer aux cartes. Il y aura aussi As.

Et il s'éloigna, riant sous cape d'une idée aussi saugrenue.

COMME AS PUT S'EN RENDRE COMPTE, LES MOTS DU FERMIER FURENT ACCUEILLIS DE FAÇON DIFFÉRENTE par les deux animaux. Clarence faisait mine de rien et regardait au loin d'un air absent ; Megan leva la tête vers l'homme, les oreilles aplaties, et tout son arrière-train frémissait de plaisir au son de la voix de son maître.

« Dommage qu'elle ne puisse comprendre ce qu'il dit, pensa As. Elle m'aurait demandé d'entrer. Et Ted a laissé la porte grande ouverte. Comment faire pour obtenir une invitation ? » Il croisa l'œil de Clarence (le jaune, cette fois) et, à nouveau, ce sens télépathique que les humains possèdent rarement, mais qui est commun à la plupart des animaux, joua son rôle.

– Il a laissé la porte ouverte, dit Clarence. Ça te tente de faire un tour dans la maison, As ?

– Oh, tu crois que je peux ? dit As.

C'était la première fois que Clarence l'appelait par son nom, et il éprouva un sentiment de sympathie pour le chat blanc.

– Oh, mais certainement pas ! aboya Megan. Un cochon dans la maison ! C'est ridicule ! On n'a jamais vu une chose pareille !

– Je pensais simplement que vous auriez aimé montrer à As vos trophées, Megan, dit Clarence d'une voix suave.

L'expression de la chienne s'adoucit.

– Des trophées ? dit As. Lesquels ?

– Des récompenses que Megan a gagnées à des expositions canines, dit Clarence. Des diplômes, des médailles, ce genre de choses.

– Et une coupe, dit Megan. Vous avez oublié que nous avons gagné une coupe dans notre jeunesse.

– En effet, dit Clarence. Une petite coupe en argent. Ou en métal argenté, ce qui revient au même. Cela intéresserait beaucoup As de les voir, n'est-ce pas, As ?

– Oh, oui, Vous devez être très fière, madame, d'avoir gagné toutes ces choses.

– Nous ne nous attendions pas à perdre, dit Megan, qui se leva et entra en se dandinant dans la maison.

– Viens, dit Clarence. On a chatouillé sa vanité. Suis-moi maintenant, et ne parle plus sans qu'on t'interroge.

A l'intérieur, il le précéda le long d'un couloir jusqu'au salon. Il y avait un fauteuil de chaque côté de la cheminée, et dans le plus petit la princesse occidentale de Llanllowell avait déjà pris place, allongée dans une pause royale.

Sur le mur, à côté du fauteuil, étaient accrochés trois cartons de couleur rouge, portant des inscriptions à l'encre noire et, à chaque carton, était épinglée une rosette bleue. Sur la tablette de la cheminée, parmi d'autres babioles, trônait une coupe minuscule, d'une taille suffisante pour contenir un œuf d'hirondelle.

D'un coup d'œil, Megan désigna ces objets.

– La Collection Royale, dit-elle, d'un ton désinvolte. Superbe, n'est-ce pas ?

– Oh, oui, madame ! dit As respectueusement. C'est un honneur de les voir.

S'il pouvait les voir en effet, il lui était impossible de lire ce qui y était écrit. En fait, l'inscription était identique sur les trois cartons, à l'exception des dates, qui indiquaient trois années successives.

FÊTE DU VILLAGE

PRÉSENTATION DES CHIOTS DE L'ANNÉE

CATÉGORIE 10 – LE PLUS GROS CHIEN – PREMIER PRIX

Sur la petite coupe on avait gravé :

COURSE DE CHIENS

TOUTES RACES - COURSE DU 200 m

PRIX DE CONSOLATION.

– Impressionnant, n'est-ce pas ? dit Clarence en clignant de l'œil (le vert).

– Oh, oui ! souffla As.

– Combien Sa Bassesse s'est montrée gracieuse en acceptant de concourir, ne pensez-vous pas ? dit encore Clarence, en fermant son œil jaune.

– La qualité royale comporte des obligations, voyez-vous, dit Megan avec modestie. *Noblesse oblige...*

Et elle s'installa plus confortablement dans le fauteuil.

– Le chat va vous faire faire une visite guidée, dit-elle. Nous espérons que vos pieds sont propres.

– Oh, c'était à mourir de rire, Nanny ! dit As, ce soir-là, de retour dans la cabane. Clarence était sorti de la pièce mais je pouvais voir Megan m'observer du coin de l'œil ; aussi, je sortis à reculons. « Que signifie *Noblesse oblige,* Clarence ? dis-je après l'avoir rejoint.

– C'est une langue étrangère, dit-il.

– Quelle sorte ?

– Du charabia, dit-il. Cela ne m'avançait pas beaucoup.

– Peu importe, dit Nanny. Que s'est-il passé ensuite ?

– Clarence m'a fait visiter toute la maison.

– Même en haut ?

– Oui, bien que ça n'ait pas été facile. Les escaliers sont escarpés. Clarence dit que Megan est incapable de les monter parce qu'elle est trop grosse. J'ai vu les chambres et une pièce dans laquelle se trouvait un grand récipient blanc.

– Ce devait être la salle de bains, dit Nanny.

– Oui, c'est ça, c'est là que Ted se lave ; et il y avait aussi une de ces chaises blanches avec un trou au milieu. Il y en avait une autre dans une toute petite pièce, en bas.

– Tu n'as pas... tu n'as rien fait, j'espère ? dit Nanny.

– Rien fait ?

– Oui, tu sais bien...

– Oh, non ! dit As. Je suis sorti sur la pelouse. Clarence m'a dit : « Retrouve-moi dans la cuisine quand tu auras fini. » Il est gentil, Clarence, quand on commence à le connaître, tu ne trouves pas ?

– Oui, dit Nanny. Je sais qu'il vit dans la cuisine. Il a sa litière tout près de la cuisinière Aga. Il m'a dit souvent comme il était bien au chaud, là-bas, pendant les nuits d'hiver.

– C'est vrai, dit As. J'ai vu d'autres pièces, en bas, mais la cuisine est vraiment agréable, pleine de délicieuses odeurs de nourriture. Cependant, le salon me semble l'endroit idéal, même si cela veut dire que je devrais supporter la présence de Sa Bassesse.

– Pourquoi ?

– Parce que dans son salon, Ted Tubbs possède la chose la plus étonnante qui soit, Nanny. Tu ne peux pas t'imaginer une chose plus extraordinaire.

– Qu'est-ce que c'est ?

– La boîte magique !

– Une boîte magique ? répéta Nanny. De quoi parles-tu, As ?

– Eh bien, dit As, une fois la visite de la maison terminée, nous sommes revenus au salon et Megan a demandé à Clarence s'il m'avait tout montré. Clarence a dit « Oui » et Megan a demandé : « En haut également ? » Alors Clarence l'a regardée de cette façon bien à lui, et il a dit : « Oh, oui, Votre Bassesse ! Les escaliers n'étaient pas trop hauts pour As. » Megan a rétorqué : « Cela ne nous fait pas rire » et Clarence a dit : « Un chat vaut bien une princesse », et il a grimpé dans l'autre fauteuil. J'ai attendu encore un peu, mais ils n'ont plus rien dit. En fait, ils s'étaient endormis. Je décidai donc que j'avais outrepassé les droits de l'hospitalité et j'allais quitter la pièce quand je vis cette chose dans un coin. C'était une grande boîte, dont l'un des côtés était presque entièrement vitré comme une fenêtre. Je me dirigeai vers elle et me regardai dans la vitre, mais tout ce que je pus voir, ce fut moi-même qui me regardais.

– C'était ton propre reflet, dit Nanny. Comme si tu te regardais dans une flaque d'eau ou dans une mare aux canards. Rien de magique, là-dedans.

– Non, mais attends, dit As. Sous cette fenêtre vitrée, il y avait des boutons. Par curiosité, j'en pressai un à l'aide de mon groin et tu ne croiras pas ce que j'ai vu alors, Nanny !

– Qu'est-ce que tu as vu ?

– A l'intérieur de la boîte, dit As d'une voix lente et solennelle, il y avait un homme qui parlait ! Il parlait de toutes sortes de choses. En même temps que l'homme, il y avait des tas d'images et l'homme en parlait aussi. Megan et Clarence ne se sont aperçus de rien, sans doute parce qu'ils étaient incapables de comprendre ce que disait l'homme. Mais pour moi qui le pouvais, c'était tout simplement passionnant ! Vraiment, Nanny ! Je n'arrivais pas à détacher les yeux de cette boîte magique !

C'est ainsi que Tubbs, ce matin-là, son travail terminé, pénétra dans son salon et trouva As de Trèfle, assis sur le derrière, en face du poste de télévision, occupé à écouter les nouvelles de treize heures de la B.B.C.

DÉSORMAIS LA VIE NE FUT PLUS JAMAIS LA MÊME POUR TED TUBBS. IL PASSA L'APRÈS-MIDI DE CE JOUR MÉMORABLE À SE PARLER À LUI-MÊME, D'UNE étrange façon. « Ce cochon, tout de même, se disait-il. Il était assis là, en train de regarder la télé ! Il a dû la mettre en marche lui-même. Jamais vu une chose si extraordinaire. Je ne pouvais pas articuler un mot. A la fin, quand je lui ai lancé : "Quelque chose d'intéressant aux nouvelles, As ?", il a émis deux grognements, alors je n'ai pas osé éteindre. Je suis allé manger un morceau et quand je suis revenu, il était toujours là, regardant le feuilleton *Les Voisins*. Et maintenant, Ted Tubbs, et maintenant ? »

Le fermier était si abasourdi par la conduite du cochon que l'idée de lui interdire l'accès de la maison ne lui vint pas à l'esprit, d'autant moins que ce jour-là et les jours suivants, As se montra irréprochable. Il passait son temps devant le poste de télévision. Il ne causa aucun dégât et ne fit de saletés nulle part car Tubbs prenait la précaution de toujours laisser la porte du jardin ouverte ; lui-même ne prenait pas toujours la peine d'enlever ses bottes de caoutchouc quand il rentrait, aussi les quelques empreintes de boue que laissaient les petits pieds d'As n'avaient-elles guère d'importance. A l'heure du thé, avant le retour du fermier qui finissait de traire les vaches, le cochon éteignait la télévision d'une légère pression du groin, quittait la maison et retournait à la porte de la cabane. Alors, si Tubbs tardait, un cri aigu l'avertissait qu'As désirait rentrer, prendre son dîner et se reposer en compagnie de son amie Nanny la chèvre.

« C'est aussi bien comme ça, je suppose, se disait le fermier (mais ni Megan ni Clarence ne pouvaient suivre un mot de son raisonnement), parce que s'il restait à la maison, nous aurions la télévision toute la nuit. Ce n'est pas que je n'aime pas certaines émissions mais quand ils montrent des bêtises, je préfère éteindre et faire une bonne réussite. Et puis, si le cochon passait la nuit ici, il regarderait sans doute *Le Film de Minuit* et alors, on aurait la télé jusqu'à l'heure de la prochaine traite. »

En réalité, As devenait un spectateur de plus en plus sélectif quant au choix des programmes. Dans son nouvel état de cochon domestique, il lui avait fallu à peine quelques jours pour découvrir, d'abord par hasard, puis à force de tentatives et d'erreurs, qu'en appuyant sur chacun des cinq boutons du poste, placés sous la boîte magique, on obtenait un résultat différent. Un bouton permettait d'éteindre le poste et les quatre autres commandaient respectivement une chaîne. Bien entendu, As ne se rendait pas compte qu'il existait plusieurs chaînes; mais il découvrit bientôt que la boîte offrait un choix d'images. Sa notion du temps étant de plus assez juste, il avait élaboré, au bout de quelques semaines, une sélection de programmes.

A force de manipuler les boutons, As trouva les émissions qui l'intéressaient et leur heure de diffusion. Elles se répartissaient généralement entre la matinée et l'après-midi. Entre les deux, As faisait une bonne sieste, allongé sur le tapis, devant l'âtre. Il eut le tact de ne pas essayer de grimper dans l'un des fauteuils.

Le matin, c'est-à-dire, en gros, entre neuf heures et onze heures, il regardait d'habitude la chaîne n° 2, qui proposait à cette heure un programme scolaire : *La Journée sur la Deux.* On y traitait des sciences, des mathématiques et une partie était intitulée : *Lire et regarder.* As était fasciné par tous ces sujets, même si, à l'occasion, il passait sur la quatrième chaîne où l'émission *Notre Monde* donnait souvent des informations intéressantes sur l'alimentation.

L'après-midi, c'est-à-dire entre quatre heures et cinq heures et demie, il raffolait des émissions réservées aux enfants. On y voyait toujours des tas d'animaux, réels ou en dessins animés, et leurs cabrioles amusaient beaucoup As.

Ainsi, tandis que la séance de l'après-midi était destinée à le distraire, celle du matin était pour As – vu le don exceptionnel qui lui permettait de comprendre le langage humain – très instructive, surtout en ce qui concernait les chiffres et les lettres. D'un esprit vif, il commença par reconnaître les mots simples. Par exemple, sur les panneaux indicateurs de la sécurité routière apparaissent de grandes lettres. Très vite, si on le lui avait demandé, As aurait été capable de distinguer le signe STOP du signe DANGER.

Très vite aussi, il acquit la compréhension de quelques chiffres. Il se rendit compte, par exemple, qu'il avait un groin, une queue, deux yeux, deux oreilles et quatre pattes, et que la somme de lui-même et des deux autres animaux donnait le chiffre trois.

Au début, As craignit que ceux-ci ne fassent obstacle à son usage immodéré du poste de télévision. Par chance, cependant, bien qu'ils fussent indifférents la plupart du temps, il s'aperçut que certaines images les attiraient.

Ainsi, Clarence aimait bien les publicités pour la nourriture pour chats, en particulier celle qui montrait un gros chat blanc – tout à fait comme lui – en train de pêcher de la viande au fond d'une boîte de conserve, avec la patte, d'une manière parfaitement élégante.

Quant à Megan, la chance voulut qu'assez rapidement, la chaîne n° 1 de la B.B.C. rediffusât une émission sur la vie quotidienne de la famille royale. Il y avait des images de la reine, de son mari, de leurs enfants et petits-enfants, au palais de Buckingham, à Windsor, à Sansringham et à Balmoral, et partout la reine était entourée de corgis.

Au moment où As entendit l'annonce du programme, il réveilla Megan.

– Vite, Votre Bassesse, s'écria-t-il, venez vite ! La reine est dans la boîte magique !

Et en effet, c'était bien elle, dès la toute première image, qui marchait dans son jardin, accompagnée de pas moins de six corgis.

Le grognement de Megan, impatiente d'avoir été dérangée, se changea en couinement de délectation.

– Oh, ils sont adorables, regardez ! dit-elle, tout excitée. Voici notre tante Olwen, là, tout près des pieds de la reine, nous en sommes presque sûre ! Et celui-là, derrière elle, ressemble trait pour trait à notre cousin Myfanwy !

Elle regardait, fascinée, et resta silencieuse jusqu'à la fin du programme, à part un jappement de temps à autre à la joie de reconnaître au passage un oncle ou un grand-parent. Quand l'émission fut terminée, elle appela le cochon par son nom pour la première fois :

– Nous vous sommes reconnaissante, As, dit-elle d'un ton aimable, et nous vous serions obligée si vous pouviez, à l'avenir, attirer notre attention, au cas où il y aurait de nouvelles images.

– Vous voulez dire de la famille royale, madame ?

– Bien entendu. De notre famille royale, en effet. Si la reine paraît sans eux, inutile de nous réveiller.

Ces séances de télévision ne gênaient nullement Ted Tubbs, très occupé par les travaux de la ferme. Comme pour tous les fermiers, le dimanche n'était pas pour lui un jour de repos. Ce jour-là aussi, il fallait traire les vaches le matin et le soir ; les veaux naissaient n'importe quel jour et tous les animaux avaient besoin d'une litière, de nourriture et d'eau. Une chose pourtant distinguait le dimanche des autres jours : ce matin-là, Tubbs se dépêchait de terminer ses travaux avant onze heures afin de se préparer un grand repas dominical traditionnel.

C'était toujours le même menu. Rosbif et pudding du Yorkshire, pommes de terre sautées et légumes verts, le tout recouvert de sauce épaisse, suivis d'un gâteau roulé à la confiture. Et pendant que tout cela mijotait, le fermier se versait un demi de

cidre, s'asseyait dans le plus vaste des deux fauteuils, les pieds en hauteur, et il le sirotait avec force claquements de langue et un « burp » ou deux pour faire bonne mesure.

Mais le premier dimanche après qu'il eut découvert As en train de regarder la télévision, la scène dans le salon s'était modifiée. Un passant regardant par la fenêtre n'aurait pas été surpris d'apercevoir le fermier installé dans un fauteuil, et sa chienne dans l'autre; mais ses yeux se seraient écarquillés à la vue du jeune cochon, d'une taille déjà considérable, assis à côté du fermier, un cochon blanc qui portait sur le flanc gauche une marque bizarre en forme d'as de trèfle.

Tubbs but une gorgée de cidre et s'adressa à son cochon de compagnie.

– Vois-tu, As, dit-il, je me suis dit, ces derniers jours, que le vieux Ted Tubbs était peut-être bien en train de perdre la boule. Tu étais assis là, devant la télé, quand je suis entré l'autre jour, ça ne fait aucun doute. Et la télé était allumée, ça ne fait aucun doute. Mais j'avais dû oublier de l'éteindre. Je n'arrive pas à croire que c'est toi qui l'avais allumée.

Il but une autre rasade pour se donner du courage.

– Je dois m'en assurer une fois pour toutes, dit-il. Je ne l'allume jamais à cette heure-là le dimanche matin, aussi je ne sais pas quelles bêtises ils peuvent bien montrer, mais comme le déjeuner ne sera pas prêt avant une demi-heure, je pense qu'on pourrait l'allumer, ou plutôt que tu pourrais l'allumer, As. J'espère que tu le peux, ça me rassurerait.

Il leva sa chope, but une longue gorgée, puis, pointant le doigt vers le poste de télévision, il dit d'une voix aussi ferme que possible :

– Allume-le, As. N'importe quelle chaîne.

Quelque temps plus tard, quand, grâce aux leçons du matin, As aurait appris à lire sous les boutons les chiffres 1, 2, 3, 4 et pour finir le mot OFF, il aurait choisi une chaîne. Ce jour-là, il eut seulement, une fois de plus, la chance de son côté : il marcha simplement vers le poste et poussa du groin le bouton du milieu, le 3.

– Il est exactement douze heures trente, dit la voix du présentateur, tandis que l'image floue se précisait. C'est l'heure de notre programme habituel du dimanche, destiné à ceux qui vivent des ressources de la terre. Asseyez-vous confortablement et détendez-vous, car pendant la prochaine demi-heure, nous vous proposons *La Vie rurale dans l'Ouest,* suivie du *Bulletin météorologique des agriculteurs.*

La bouche de Ted Tubbs s'ouvrit toute grande. Il regarda As d'un air ahuri.

– Ah, ça ! s'écria-t-il. Ça alors !

QUELQUES MOIS PLUS TARD, UN DIMANCHE SOIR, AS, COUCHÉ DANS LA PAILLE DU CABANON, RACONTAIT À NANNY, SELON son habitude, ce qu'il avait vu à la télévision pendant la journée.

Jamais plus il n'avait reparlé de « boîte magique ». Il savait maintenant qu'il regardait les images d'un récepteur de télévision, images d'événements qui avaient lieu dans toutes les parties du monde et même dans l'espace. Comment la télévision accomplissait ce miracle, il l'ignorait – de même que la plupart des gens – mais il ne s'en inquiétait pas. Il avait déjà la tête pleine d'idées, d'impressions et de connaissances fraîchement acquises.

Beaucoup de ses récits n'évoquaient pas grand-chose à la vieille chèvre. Celle-ci avait, après tout, une expérience de la vie très limitée, n'ayant jamais mis le pied en dehors de la ferme de Ted Tubbs; pourtant, elle prêtait une oreille attentive à ce qu'As lui rapportait sur les terres lointaines, les coutumes et les peuples, et sur une foule d'autres choses encore qu'il avait vues dans les programmes scolaires.

Ce jour-là étant un dimanche, As et Ted avaient, bien entendu, regardé *La Vie rurale dans l'Ouest* pendant que le déjeuner cuisait, et As était particulièrement impatient de raconter à Nanny toute cette émission, qui l'avait indigné. Il avait même à peine touché à son dîner, et il avait la voix qui tremblait encore en racontant ce qu'il avait vu :

– Oh, c'était horrible, Nanny ! dit-il. La première partie était supportable. On y voyait un marché aux bestiaux. Jusque-là, je croyais que mes frères et sœurs étaient partis pour une ville nommée « Marché », mais les images montraient des cochons, des moutons et des vaches dans des enclos, et des gens qui en offraient de l'argent. « Vente aux enchères », qu'ils appellent ça : les animaux sont vendus à celui qui offre le plus d'argent. Je dois dire que je suis heureux de ne pas être parti pour le marché, mais, du moins, toutes les bêtes qui s'y trouvaient étaient encore vivantes et en bonne santé. Quant à la seconde partie du programme, pouah !

Dire que le corps d'As fut secoué par un frisson d'horreur serait inexact. Il avait la peau trop résistante pour cela, mais s'il avait pu le faire, As aurait certainement frissonné.

– Pourquoi ? dit Nanny. Qu'est-ce que c'était ?

– Un abattoir ! dit As d'une voix funèbre. Un lieu criminel

où l'on emmène les bêtes pour les tuer. Heureusement, ils ne montraient pas ça, mais on pouvait voir les carcasses. Par rangées entières, pendus la tête en bas, attachés par le dos ou les pattes arrière, des veaux, des moutons, des cochons.

– Des chèvres ? dit Nanny.

– Je ne crois pas. La vue des veaux et des moutons n'était pas si horrible parce que ce n'étaient déjà plus que des quartiers de viande ou des carcasses, mais les cochons ressemblaient encore à des cochons ; il y en avait des douzaines qui pendaient là, tout pelés, froids et immobiles. Je ne vais pas fermer l'œil de la nuit.

– De tout temps, les hommes ont tué les animaux, dit Nanny.

– Pas seulement les animaux, dit As d'un air sombre. Si tu voyais ça à la télévision ! Les hommes passent aussi leur temps à tuer d'autres hommes.

– Certainement pas pour se nourrir ? dit Nanny.

– Non, je ne crois pas, mais les informations parlent presque toujours de gens qui ont été tués. Soit volontairement, à coups de fusil ou de bombes, soit par erreur, en train, en avion ou sur les routes. Sans parler des catastrophes naturelles, comme les tremblements de terre ou les inondations, au cours desquels des milliers de gens disparaissent.

– Regarder la télévision n'a pas l'air très réjouissant, dit Nanny.

– Oh, ce n'est pas toujours comme ça ! dit As. C'est parfois très drôle. Il y a un programme de dessin animé que Clarence aime particulièrement : *Tom et Jerry.*

– Qui ça ?

– Tom est un chat, et Jerry une souris.

– Encore un programme avec mort violente ?

– Non, parce que, vois-tu, Tom est stupide et Jerry est très astucieux, c'est donc toujours Jerry qui a le dernier mot. Ce que Clarence préfère, ce sont les passages où Tom se prend la queue dans une porte ou bien se fait attaquer par un bouledogue, ce genre de choses.

– Est-ce que tu n'as jamais envie de rester là-bas pour regarder les programmes du soir ou même ceux de la nuit ? dit Nanny. Attention ne crois pas que je cherche à me débarrasser de toi – j'aime beaucoup t'avoir près de moi – mais il doit y avoir un tas d'émissions que tu n'as encore jamais vues.

– Non, merci, dit As. Un soir, je suis resté un peu plus tard que d'habitude (c'était après *Tom et Jerry* et Clarence m'avait retenu pour me parler en détail de la façon dont lui s'y serait pris avec Jerry, et me dire combien ce Tom était ennuyeux), mais c'est l'heure à laquelle Megan se réveille. Elle passe ses journées à dormir et ne s'éveille qu'un peu avant son dîner et alors, ma pauvre Nanny ! quelle est ennuyeuse ! Elle ne tarit pas sur tous les champions qui figurent à son pedigree, et comment son neveu a été vainqueur à Cruft et comment sa nièce a été présentée à la Cour et ce que la reine mère a « probablement » dit à son oncle Gareth. Pas étonnant que Clarence s'éclipse chaque soir. Non, les émissions de la journée me suffisent largement et, de toute façon, ça me fait plaisir d'en parler ensuite avec toi. J'espère seulement que je n'aurai pas de cauchemar cette nuit. Pouah ! Cet abattoir !

– Voyons, As, dit Nanny. Je suis bien plus âgée que toi. Je n'en suis pas plus savante, si l'on considère que tu as déjà acquis une foule de connaissances sur le monde dont je n'ai même pas idée. Pourtant, il y a une chose dont je suis sûre, c'est celle-ci : se faire du souci n'est bon pour personne. Des centaines de cochons ont peut-être été massacrés, mais pas toi. Avec un peu de chance, toi et moi, nous mourrons tranquillement et paisiblement de vieillesse dans notre lit. Je mourrai avant toi, simplement parce que je suis beaucoup plus vieille, mais je ne m'en soucie pas. Maintenant, termine ton dîner.

– Tu as raison, dit As.

– A présent, dit Nanny lorsqu'il eut terminé, viens te coucher.

Elle s'allongea à son côté, pas trop près cependant car il était devenu très lourd.

– Je ne peux pas dormir, dit As.

– Essaie de compter les moutons, dit Nanny. Des moutons vivants. Ça t'aidera.

– Je ne crois pas que ça marchera, dit As.

Mais cela marcha. Si cependant As ne fit pas vraiment de cauchemar, il fit un rêve étrange. Il rêva qu'il se trouvait dans le camion de ramassage de Tubbs. Le fermier conduisait et lui, As, était assis à son côté, sur le siège du passager, retenu par un système de courroies. Il ne savait pas où ils allaient mais, dans le rêve, sa langue se plaçait de telle sorte dans sa bouche qu'il devenait capable de prononcer certains mots qu'il avait appris à reconnaître dans l'émission *Lire et Regarder.*

– Où allons-nous, Ted ? demandait-il ; et le fermier répondait :

– Au marché.

Deux jours plus tard, un mardi, jour de marché, As se trouvait dans la cour et regardait d'un air distrait Tubbs qui venait de faire sortir un veau de l'étable pour le hisser sous la bâche à l'arrière de son camion. Le fermier se tourna vers As et lui dit :

– Je vais au marché. Tu veux venir ?

Se rappelant son rêve, As lança un grognement agressif qui voulait dire définitivement : « Non ! »

Mais, après des mois de dialogue avec son cochon, Tubbs était tout à fait convaincu qu'As saisissait la moindre de ses paroles – et cela, comme aucun chien au monde (sans même parler de Megan) ne le pourrait jamais. Il s'approcha donc du cochon et le caressa tendrement à la naissance de ses grandes oreilles, geste que l'animal appréciait particulièrement.

– Allons, écoute, mon gars, dit-il. Tu n'es pas obligé de venir si tu n'en as pas envie. Je me suis simplement dit : « Ted Tubbs, peut-être qu'As aimerait bien faire un tour. Et ça te ferait de la compagnie. » Mais je crois savoir ce qui te tourmente. Tu penses que je pourrais te vendre, n'est-ce pas ?

Deux grognements.

– Jamais As, jamais ! dit Tubbs avec véhémence. Tu as ma parole d'honneur. Jamais je ne me séparerai de toi, je te le promets. Tu me crois, pas vrai ?

Deux grognements.

– Alors tout va bien. Et maintenant, il est temps que je file, dit le fermier en ouvrant la portière du côté du passager.

– Tu viens ? dit-il.

Et, à sa grande joie, As, lançant finalement deux grognements, sauta dans le camion et s'assit sur le siège, tandis que Tubbs lui serrait avec soin la ceinture de sécurité autour de son gros ventre.

LA PREMIÈRE PAIRE D'YEUX QUI APERÇUT AS DANS CET ÉQUIPAGE SOUFFRAIT DE MYOPIE. ELLE APPARTENAIT À UNE VIEILLE DAME QUI ÉTAIT LA COMMÈRE DU VILLAGE. Elle partageait avec sa sœur un modeste cottage situé au bord de la route qui reliait la ferme de Ted au marché, et elle passait ses journées assise près de la fenêtre, à épier, derrière ses rideaux de dentelle, les allées et venues de tout un chacun.

Comme le camion se rapprochait, elle se mit à crier :

– Viens vite ! Regarde ça !

Quand sa sœur arriva, le camion était déjà passé.

– Oh, trop tard !

– Qui était-ce ?

– Ted Tubbs qui allait au marché, j'ai reconnu son camion. Et figure-toi qu'il avait une femme avec lui ! Il a bien gardé son secret, tu ne trouves pas ? Ah, ces vieux célibataires ! On ne peut pas s'y fier !

– A quoi ressemblait-elle ?

– Eh bien, je n'ai pas bien vu son visage – ma vue n'est plus ce qu'elle était – mais je peux t'affirmer que c'était un sacré morceau, et pas une beauté.

Ce fut ensuite un petit garçon qui jouait dans le jardin, sur le côté gauche de la route, qui aperçut As. Comme la masse du cochon lui cachait le fermier, l'enfant se précipita, tout excité, dans la maison en criant :

– Maman, maman, je viens de voir un cochon qui conduisait un camion !

– Ne dis pas de bêtises ! dit la mère.

– Je l'ai vu ! Je l'ai vu ! hurla l'enfant en colère.

– Ne dis pas de mensonges, et ne me crie pas comme ça dans les oreilles ! dit la mère en le giflant.

Un dernier incident mineur marqua le trajet jusqu'au marché. Un motocycliste qui approchait du feu rouge eut soudain la vision du passager de Tubbs. Comme il tournait la tête, les yeux exorbités, pour les voir passer, il vint s'écraser tout droit contre l'arrière de la voiture qui le précédait.

En ville, Tubbs conduisit son véhicule jusqu'au marché et le gara dans le parc de stationnement. Tout près se trouvait une taverne, un pub appelé Le Taureau, rendez-vous habituel des fermiers, marchands et conducteurs de bestiaux, qui s'y arrêtaient pour étancher leur soif les jours de marché.

– Bon, dit Tubbs à As, il faut que j'emmène ce veau puis que je fasse un tour pour me faire une idée des affaires. Ça ne t'ennuie pas de rester là un moment ?

Ayant reçu la réponse affirmative qu'il attendait, le fermier desserra la ceinture de sécurité pour que le cochon se sente plus à l'aise, puis il ferma la porte et s'éloigna avec le veau.

As regarda avec curiosité autour de lui. Des beuglements, des bêlements, des grognements lui parvenaient aux oreilles, mais il ne pouvait rien voir d'intéressant à travers le pare-brise, si ce n'est un grand nombre de voitures, de camions et de Land Rover.

Alors, pour faire quelque chose, il se laissa glisser le long de la banquette et s'installa à la place du chauffeur.

Souvent, le samedi, il avait regardé *La Tribune de la formule 1*, et bien qu'il y ait un abîme entre le camion de Ted et une voiture du Grand Prix, il y avait certaines similitudes : un volant, un changement de vitesse et un tableau de bord. Levant les pattes avant, As posa les sabots sur le volant et s'imagina, l'espace d'un rêve, qu'il était le premier cochon du monde pilote de formule 1.

Au même moment, un homme à la face rubiconde sortit en chancelant du Taureau et s'aventura en titubant dans le parc de stationnement.

– Eh, mais c'est ce vieux Ted Tubbs ! s'écria-t-il en arrivant à la hauteur du camion.

Alors une chose étrange se produisit : le sang reflua de ses joues et l'homme, blanc comme un linge, recula en se murmurant à lui-même :

– Jamais plus ! Plus une seule goutte !

Tubbs revint une heure plus tard. Bien qu'il ait pris la précaution de laisser les fenêtres entrouvertes, il trouva As haletant, car la cabine métallique n'était pas l'endroit le plus frais en pleine chaleur !

– Comme tu as chaud, As ! dit le fermier. Je parie que tu as soif.

As le lui confirma de sa façon habituelle.

– Je vais te dire, dit Tubbs. Je prends toujours un verre au Taureau avant de rentrer du marché. Tu vas m'accompagner et nous demanderons au patron de te donner de l'eau. J'ai un seau à l'arrière.

Et c'est ainsi que les propriétaires du pub Le Taureau eurent droit au spectacle de Tubbs pénétrant dans leur établissement, un cochon de belle taille sur ses talons.

– Allons, allons, Ted, dit le patron, tu ne peux pas l'amener ici. Tu n'as pas vu l'avis sur la porte ?

– Je l'ai vu, Bob, dit Ted Tubbs. C'est écrit : « Interdit aux chiens. » Et ça, c'est un cochon.

– Tiens, c'est vrai, dit pensivement le patron. Alors, un demi, comme d'habitude ?

– S'il te plaît, dit le fermier.

Tubbs buvait très modérément. Sa boisson favorite était le cidre, et encore ne s'en offrait-il qu'un demi, le dimanche, avant le déjeuner. Un demi de bière était sa ration ordinaire, surtout les jours de marché, car il conduisait.

– Et pour ton ami ? dit le patron.

Le fermier tendit le seau.

– Voilà, dit-il, mets-y un peu d'eau, Bob !

– Allons, Ted, cria une voix. Paye-lui une bière. Si tu amènes la pauvre bête dans un bar, fais les choses bien.

– Ce sera aux frais de la maison, dit le patron en tirant une pinte de bière qu'il versa dans le seau.

As, qui avait écouté attentivement cet échange de paroles, remarqua avec plaisir que la poignée dont le patron s'était servi était celle d'une marque que les annonces publicitaires de la télévision recommandaient chaudement.

Il baissa la tête vers le seau.

La bière semblait bonne.

Il mit son groin dans le seau.

La bière sentait bon.

Il vida le seau.

La bière était bonne.

Il poussa un petit cri joyeux et chacun comprit ce qu'il voulait dire.

Et de s'écrier en chœur :

– Il aime ça !

– C'était un bon petit coup, pas vrai, mon vieux ?

– La même chose, c'est ce qu'il a dit.

– Il s'en payerait bien un autre !

– Et un autre pour la route !

Et tous les consommateurs se levèrent et, comme un seul homme, vidèrent leur chope de bière dans le seau d'As.

Tubbs avait à peine touché à son demi que le seau du cochon était déjà à nouveau vide ; lorsqu'ils quittèrent le pub, ce n'est pas sans difficultés qu'As de Trèfle réussit à regagner le camion.

– Une chance que tu ne conduises pas, dit le fermier en attachant le cochon.

As avait le hoquet.

La première partie du trajet se passa sans incident mais la destinée voulut qu'une voiture de police se trouvât derrière eux juste au moment où Tubbs faisait une embardée. En effet, As s'était endormi et, malgré la ceinture de sécurité, s'était affaissé contre le fermier.

Aussitôt retentit le bruit d'une sirène et la voiture de police, girophare allumé, se plaça devant le camion, le forçant à s'arrêter.

L'un des deux policiers sortit de la voiture et se dirigea vers le camion du côté du conducteur. Tubbs baissa la vitre. L'odeur de bière s'échappait par bouffées de la cabine.

– Bonjour monsieur, dit le policier, avec cette politesse glaciale qu'ils affectent généralement dans ce genre de situation. On a du mal à tenir son volant, on dirait.

– Ce n'est pas de ma faute, dit Tubbs. C'est le cochon.

– Je vois, dit le policier.

Il sortit son matériel d'alcootest.

– Et maintenant, monsieur, je vais vous demander de souffler dans ce ballon. Si vous regardez cet appareil, vous voyez trois petites lumières, exactement comme celles des feux de signalisation, vert, orange et rouge. Eh bien, monsieur, si le feu vert s'allume quand vous soufflerez, cela veut dire que vous n'avez pas bu une goutte d'alcool.

– Mais j'en ai bu, dit Tubbs. Un demi de bière au Taureau.

A ces mots, le policier leva les sourcils. Il plissa les narines en respirant les relents de bière qui s'échappaient de la cabine.

– Dans ce cas, dit-il, l'ampoule orange s'allumera. Cela montrera que vous avez bu de l'alcool, sous une forme ou sous une autre. Mais si, au bout de quarante secondes, l'ampoule orange s'éteignait pour être remplacée par le rouge, alors monsieur, cela voudrait dire que vous avez dépassé la limite permise et je devrai vous demander de m'accompagner au commissariat pour une prise de sang.

Tubbs secoua la tête d'un air pitoyable.

– Vous faites fausse route, jeune homme, dit-il. Je ne dépasserai pas la limite.

– Contentez-vous de souffler, monsieur, dit le policier. On verra bien.

Ted souffla donc et ils attendirent.

L'ampoule orange s'alluma. Le policier attendait qu'elle passe au rouge, certain qu'il tenait là un chauffeur ivre de plus. Oui, oui, un demi seulement ! Mais quarante secondes s'écoulèrent, l'ampoule orange s'éteignit et le feu rouge n'apparut pas.

– Je vous l'avais dit ! fit le fermier.

– Je n'y comprends rien, dit le policier.

Il alla chercher le second policier, resté dans la voiture.

– L'odeur de bière est si forte là-dedans que c'est à tomber par terre, dit-il à son collègue.

– C'est le cochon, dit Tubbs.

C'est le moment que choisit As, dérangé par le bruit des voix, pour se réveiller. Il regarda d'un air joyeux les six hommes qu'il avait sous les yeux, quatre policiers et deux fermiers. Il lâcha un énorme rot qui fit reculer en chancelant les policiers.

– Ah, ça ! Ça alors ! dit Tubbs. As, tu te conduis comme un véritable cochon !

– JE VAIS TE DIRE UNE BONNE CHOSE, AS, DIT TUBBS LE FERMIER, SUR LE CHEMIN DU RETOUR. AVEC TOUTE LA BIÈRE QUE TU AS DANS LE VENTRE, il me paraît plus raisonnable de te conduire directement à la cabane. Il ne faudrait pas que tu fasses des cochonneries dans la maison, tu comprends ?

As répondit par deux grognements ensommeillés. Il n'avait voulu en pousser qu'un seul mais il ne semblait plus tout à fait maître de la situation.

– Oh non, personne ! reprit Tubbs.

À peine à la ferme, il arrêta le camion devant la porte de la cabane.

– Ici, tu peux mouiller ton lit, dit-il, ça n'a pas d'importance.

Nanny passait sa tête au-dehors.

– Il en tient une bonne, Nanny, dit le fermier. Il a un verre dans le nez.

Une fois délivré de la ceinture de sécurité, As se laissa glisser à terre et se traîna jusqu'à la cabane d'un pas chancelant. Nanny fit entendre un bêlement inquiet.

– Ne t'en fais donc pas, dit Tubbs. Un bon somme, et il n'y paraîtra plus.

En effet, As s'endormit comme une masse.

Pendant qu'il dormait, Clarence arriva.

– Oh, Clarence, je suis inquiète ! dit Nanny. As ne va pas bien. Il n'est pas du tout comme d'habitude. Qu'est-ce que ça peut être ?

Clarence connaissait le monde. Plus d'une fois, au pub voisin, il avait courtisé une personne bleue et l'odeur de l'alcool lui était familière.

– Il en tient une bonne, Nanny, dit-il. Il a un coup dans le nez.

Mais comme la vieille chèvre, dans sa simplicité, s'obstinait à ne pas comprendre, Clarence poursuivit :

– Aujourd'hui, dit-il, ce petit effronté est allé au marché et, vu sa mine, il a dû boire une bonne dose de bière. Un bon somme, et il n'y paraîtra plus. Mais ni le fermier ni le chat n'avaient tout à fait raison, car après un bon somme, As ne se sentait pas mieux. Il avait la gueule de bois.

– Oh, Nanny ! gémissait-il. J'ai un terrible mal de tête !

Et il finit par lui raconter tout ce qui s'était passé.

– J'ai dû en avaler un plein seau, dit-il.

– Pourquoi as-tu bu tout ça ? demanda Nanny.

– C'est que j'avais si soif ! Et c'était bon. Mais maintenant, je m'en repens.

– Eh bien, dit Nanny, tu as pris une leçon ! Un plaisir modéré fait du bien. Mais il ne faut pas abuser des bonnes choses.

Quand As entra dans la maison le lendemain matin, il trouva Clarence dans la cuisine. Celui-ci surgit de son coin favori, près de la cuisinière Aga, et fit le tour du cochon en le regardant d'un œil suspicieux, clignant alternativement de son œil vert, puis de son œil jaune.

– Ça va mieux ? dit-il.

– Oh, oui ! merci, Clarence, dit As. J'ai peur de m'être conduit comme un âne.

– Pas facile pour un cochon, dit le chat blanc.

Il s'assit en face d'As en le fixant de son regard narquois, mi-vert, mi-jaune.

– Déjà vu Megan, ce matin ? dit-il.

– Non, pourquoi ?

– Elle se demandait où tu étais hier.

– Et tu le lui as dit ?

– Oui, bêtement.

– Pourquoi bêtement ?

– Parce que je soupçonne que Sa Bassesse n'attend qu'une occasion pour te reprocher ta conduite, dit Clarence.

Il imitait Megan à merveille :

– Aller dans un pub, voyez-vous ça, et s'enivrer, n'est-ce pas ? Quelle vulgarité ! Si j'étais toi, je resterais ici, dehors, et je lui poserais un lapin.

– Mais c'est mercredi ! dit As.

– Et alors ?

– Il y a *L'Ours Paddington* sur la chaîne n° 1 de la B.B.C. Je le regarde toujours.

– Je te souhaite bien du plaisir, dit Clarence.

As entra dans le salon sur la pointe des pieds, espérant trouver Megan endormie. Comme elle l'était en effet, il mit la B.B.C.1 le plus doucement possible. Il avait appris depuis longtemps à tourner le bouton du volume avec les dents. Mais avant que Paddington ne puisse apparaître, le téléphone sonna, ce qui réveillait toujours la chienne, celle-ci croyant de son devoir d'aboyer en écho à la sonnerie de l'appareil.

Cette double injonction eut pour effet de faire rentrer Tubbs qui se trouvait dans la cour, mais dès la fin de la communication et le départ de Tubbs, qui laissa sur le tapis les empreintes de ses bottes boueuses, Megan interpella As :

– Nous avons deux mots à vous dire, jeune homme ! fit-elle d'un ton brusque.

L'As de naguère aurait répondu à cette apostrophe de la façon humble et respectueuse qu'il avait longtemps adoptée pour s'adresser à la chienne corgi. « Oui, madame ? » aurait-il dit ; et peut-être aurait-il ajouté : « Qu'y a-t-il pour le service de Votre Bassesse ? »

Mais à présent, une flambée de révolte inattendue soulevait le large flanc du cochon. Il pensa : « Comment, toi, petite bête stupide et prétentieuse, avec tes grands airs et tes minauderies, oses-tu me parler comme à un... comme à un chien ? Princesse occidentale de Llanllowell de mes fesses ! En vérité, tu n'es qu'une pipelette de petite chienne tout juste bonne à garder les vaches du pays de Galles. Pourquoi devrais-je continuer à te faire des courbettes ? » Et il ne répondit pas.

– Avez-vous entendu ce que nous avons dit ? jappa Megan.

– Plus tard, Megan, dit As d'un ton ferme. Je suis occupé.

Il y eut un bref silence de stupéfaction avant que la princesse occidentale ne retrouve sa voix. Puis elle éclata :

– Par exemple ! bafouilla-t-elle. Pas maintenant, vraiment !

Occupé, vraiment ! Megan, vraiment ! Vous allez nous faire le plaisir de vous adresser à nous comme il convient.

Au même instant, Paddington apparut sur l'écran avec son drôle de chapeau bleu.

– Oh, la ferme ! dit As, et il mit le son au maximum.

– Oh, Nanny, tu aurais dû voir ça ! dit Clarence cette nuit-là.

Il lui arrivait souvent de venir causer au petit matin avec la chèvre qui, comme beaucoup de vieilles gens, avait des insomnies. Il avait donc sauté d'un bond sur le râtelier, son perchoir habituel, d'où il pouvait à l'occasion se jeter sur l'imprudente souris qui se serait aventurée dans la cabane. As gisait dans la paille, profondément endormi.

– Megan faisait des bonds dans son fauteuil, continuait Clarence, jappant à s'en décrocher la mâchoire, l'écume à la gueule ou presque. Quant à As, il lui a simplement tourné le dos et il a regardé tranquillement l'émission jusqu'à la fin. Alors seulement, il a éteint le poste et s'est retourné. « Vous aviez quelque chose à me dire ? » a-t-il dit d'un ton très calme. Pour le coup, je crus que notre milady, déjà suffoquée par les marques d'irrespect qu'elle venait de subir, allait avoir une attaque. « Comment avez-vous osé nous dire de nous taire ! a-t-elle hurlé. De quel droit ? »

– Et qu'est-ce qu'As a répondu ? dit Nanny.

– Oh, il a été superbe ! dit Clarence. Il s'est levé et il a marché lentement vers elle – elle était assise dans le plus petit

des deux fauteuils – et il lui a dit, du même ton calme : « Je vais vous dire de quel droit. C'est parce que je me suis brusquement rendu compte que je ne suis plus le petit cochon qui vous faisait des courbettes et qui passait son temps à écouter vos sempiternelles et puériles histoires de pedigree et autres parentés alambiquées, et ce que la princesse de Galles a dit à votre grand-tante Fanny... Je suis maintenant un cochon d'une taille respectable, qui fait à peu près dix fois votre poids, et j'en ai par-dessus les oreilles – et ce n'est pas peu dire, a-t-il ajouté en secouant ses grandes oreilles – de toutes vos sornettes engluées dans le snobisme. »

– Et qu'a répondu Megan ? demanda Nanny.

– Il ne lui a pas laissé le loisir de répondre, dit Clarence. Il continuait : « Et pour commencer, j'ai l'intention de regarder *Le Temps d'une histoire* sur la quatrième chaîne, et je ne veux pas être dérangé. D'ailleurs, sortez. Allez, filez, et vite ! » Et il fit grincer ses dents d'une façon menaçante, ce qui faisait « Crr-crr ! Crr-crr ! » Je crois que ça fait des années que Megan n'avait pas détalé aussi vite. Incapable de mettre la queue (qui est bien trop courte) entre les pattes, elle est pourtant sortie de la pièce comme un... comme un...

– ... Chat échaudé ? dit Nanny.

– Exactement, dit Clarence ; et voici le plus beau : As a tourné le bouton de la quatrième chaîne et a grimpé dans le grand fauteuil de Ted, où il s'est installé pour regarder l'émission. Alors, quand l'émission a été terminée et que le calme fut revenu, Megan s'est risquée à l'intérieur. Oh, Nanny, quel spectacle que la chute des puissants ! Elle a passé sa tête par l'embrasure de la porte et a émis un faible gémissement, comme pour dire : « Je peux entrer, s'il vous plaît ? »

– Qu'a dit As ? demanda la vieille chèvre.

Le chat blanc regarda avec une certaine tendresse le cochon endormi, dont la bizarre marque noire se soulevait au rythme de la respiration.

Clarence, qui n'accordait pas son affection à la légère, s'était pris de sympathie pour As de Trèfle.

– Je pense qu'il s'est magnifiquement comporté, dit-il. Il aurait pu continuer à la narguer : « Je suis plus gros que toi, regarde où tu mets les pattes », ce genre d'attitude. Ou bien, il aurait pu lui rendre la pareille après le dédain qu'elle lui avait fait subir : se moquer d'elle et railler ses grands airs. Mais pas du tout. Il a seulement dit d'une voix ferme mais amicale : « Entre, Megan. J'ai quelque chose à te dire.

– Oui, As », a dit Megan, plutôt mal à l'aise. Il était visible qu'elle s'attendait à de nouvelles rebuffades, mais au contraire il lui dit : « Il y a un documentaire sur l'exposition canine de Cruft à la télé, cet après-midi ; ils en ont montré un extrait et il y avait là tout un tas de chiens corgis. Je me disais que tu aimerais peut-être que j'allume le poste pour toi, au moment de l'émission ? »

– Qu'a-t-elle dit ? demanda Nanny.

– Elle l'a regardé, exactement comme elle regarde son maître. Les oreilles aplaties et son petit bout de queue qui s'agitait frénétiquement ; et elle a répondu d'une voix soumise : « Oh, cela nous plairait beaucoup, As ! C'est gentil à vous. » Oh, si tu l'avais vu, Nanny, assis dans ce grand fauteuil ! Il ressemblait comme un frère jumeau à Ted Tubbs. Il toisait Megan, et sais-tu ce qu'il lui a lancé, pour couronner le tout ?

– Quoi ?

– Tu es un bon chien, Megan. Tu es un bon chien.

LE JOUR DU MARCHÉ, UNE SEMAINE PLUS TARD, LE PUB LE TAUREAU ÉTAIT, COMME À L'ACCOUTUMÉE, REMPLI DE FERMIERS, DE MARCHANDS ET DE CONDUCTEURS de bestiaux. Il s'y trouvait aussi un tout jeune homme qui venait juste d'être engagé comme journaliste de la gazette locale, *La Chronique du Domerset.*

Écrire un article sur le marché hebdomaire était l'une de ses attributions et cela consistait principalement à rendre compte des fluctuations des prix, travail qui n'était guère passionnant. Le jeune homme était assis dans un coin du pub, sirotant un verre de shandy*, quand son attention fut attirée par la conversation qui s'engagea entre le patron et quelques-uns des consommateurs.

– Bob, est-ce que Ted Tubbs est venu avec son cochon aujourd'hui ? demanda l'un d'eux.

* Bière panachée.

– Je ne l'ai pas encore vu, dit le patron.

– Je n'avais jamais vu ça, dit un autre.

– Un cochon qui boit de la bière ! dit un troisième.

– Je crois bien qu'il en a descendu plus de huit pintes*, dit le patron.

– Il en tenait une bonne, reprit le premier consommateur. Il avait vraiment un coup dans le nez.

« Un cochon qui boit de la bière ! » se dit le reporter. Voilà qui sortait de l'ordinaire. Il avait beau être novice dans le métier, il savait qu'une nouvelle qu'on publie en exclusivité s'appelle une « avant-première » ; il se hâta donc d'avaler son verre et courut téléphoner à son journal.

– Oui, ça peut faire un sujet, dit son rédacteur, du ton légèrement blasé qu'on affecte généralement dans les rédactions. Allez voir ce fermier, Tubbs, et voyez ce que vous pouvez en tirer.

* Une pinte = 0,568 litre.

Quand le jeune journaliste arriva cet après-midi-là à la ferme et sonna à la porte, il n'obtint pas de réponse. En partie parce que Tubbs était occupé par la seconde traite de la journée et aussi parce qu'il y avait des années que personne ne s'était servi de la sonnette. Aussi le jeune homme contourna-t-il la maison. La porte qui donnait sur le jardin était ouverte et il entendit le bruit de la télévision. Il devait y avoir quelqu'un. Il entra et appela :

– Bonjour ! Excusez-moi. Je peux entrer ?

Un chien aboya dans la pièce voisine, puis on entendit un grognement impérieux et le chien s'arrêta sur-le-champ.

Légèrement nerveux, car il sentait qu'il était peut-être déjà indiscret, le jeune homme ouvrit la porte.

Des années plus tard, une longue vie de journaliste et de multiples pérégrinations ne devaient pas lui faire oublier le spectacle qui s'offrit à sa vue.

A la télévision, il y avait le dessin animé *Tom et Jerry*.

Exactement en face du poste était assis un chat blanc dont la queue frémissait de colère (car Jerry venait juste d'attraper le bout de la queue de Tom dans une tapette).

Dans un petit fauteuil était affalée une chienne corgi très grasse.

Dans un grand fauteuil trônait un énorme cochon.

Tous trois regardaient le dessin animé.

Aucun des trois ne prêta la moindre attention au nouveau venu.

– Oh, je raffole de *Tom et Jerry* ! Puis-je le regarder aussi ? dit le jeune journaliste.

Presque aussitôt, comme en réponse à sa question, le cochon grogna deux fois.

– Qui était-ce ? demanda As, quand le jeune homme eut quitté la pièce à la recherche du fermier.

– Pas la moindre idée, dit Clarence.

Et Megan ajouta :

– Nous l'ignorons complètement.

– En tout cas, dit As, il raffole de *Tom et Jerry.*

– Comment le savez-vous ? dit Megan.

– Parce qu'il l'a dit.

– Naturellement ! Nous avions oublié, dit Megan, faisant allusion au don merveilleux du cochon.

La Megan d'autrefois, qui n'aurait jamais accepté qu'une telle chose fût possible, avait cédé sa place à une nouvelle Megan, dévouée corps et âme à As et qui ne conservait plus aucun doute sur ses pouvoirs réels.

Là-bas, dans la cour, le vrombissement de la trayeuse cessa brusquement.

– C'est l'heure du souper, dit As. J'éteins la télé ?

– D'accord, dit Clarence.

Et Megan ajouta :

– C'est bien aimable à vous !

A peine le journaliste venait-il de rencontrer Ted Tubbs et de se présenter à lui que leur parvint un cri aigu et impatient.

– Une minute, mon garçon, dit Tubbs, la marée n'attend pas et As encore moins !

Et il se précipita pour préparer la pâtée du cochon.

Les deux hommes, le vieux et le jeune, s'adossèrent chacun à l'un des vantaux de la porte de la cabane.

– Il a l'air d'aimer ça, dit le jeune reporter. Il y a de la bière là-dedans ?

– Oh, non, Dieu merci ! dit Tubbs. Pourquoi donc... ? Ah, je vois ! On vous a dit, pas vrai ? Quand il en a bu au Taureau ?

– Oui. Et j'aimerais bien écrire un article là-dessus, pour *La Chronique,* si vous n'y voyez pas d'inconvénient, monsieur. Un cochon qui boit de la bière, ça ferait un joli petit sujet, une demi-colonne peut-être, et ce serait pour ainsi dire, une « avant-première » intéressante pour moi. Vous savez, je ne suis pas bien vieux dans le métier.

– Qui vous a informé ? demanda le fermier. La police ?

– La police ? Non. J'en ai entendu parler au Taureau. A propos, comment s'appelle le cochon ?

– As de Trèfle.

Le reporter regarda la marque sur le flanc de l'animal.

– Ah, oui, je comprends pourquoi ! dit-il. Si j'écris cet article, ce sera une bonne publicité pour vous, monsieur. Et vous pourriez alors en obtenir un bon prix.

– Je ne le vendrai jamais, dit Tubbs. C'est un familier de la maison. Comme qui dirait un cochon de compagnie.

– Cela me fait penser, dit le reporter, que vous devez avoir laissé votre poste de télévision allumé. Comme je n'obtenais pas de réponse, je suis entré par la porte du jardin et j'ai trouvé le cochon qui regardait la télé, avec le chien et le chat.

– Il aime bien la télé, dit le fermier.

– Voilà qui rend l'histoire encore plus amusante. Vous allez me dire que c'est lui qui choisit les programmes et qui change de chaîne, ah ! ah !

– Ah ! ah ! ah ! fit Tubbs.

– A propos, dit le reporter, le cochon était assis dans un fauteuil ; le vôtre, je suppose ?

– Voilà donc l'explication ! dit le fermier. L'autre jour, je me suis dit : « Ted Tubbs, mon vieux, tu as dû grossir et pas qu'un peu : les ressorts de ce fauteuil sont fichus. Il va falloir te mettre au régime ! » Eh bien, ça me rassure !

As avait terminé son souper. Il se redressa et leva vers les deux hommes un regard dans lequel brillait la lueur d'une vive intelligence, et quand Tubbs lui dit : « Est-ce que c'était bon, mon vieux ? », il émit deux grognements.

– On croirait qu'il a compris ce que vous avez dit ! s'exclama le journaliste.

« Si seulement vous saviez ! pensa le fermier, mais non, c'est impossible. Vous pouvez écrire sur lui un article dans lequel vous direz qu'il boit de la bière ou qu'il regarde la télé, mais personne d'autre que moi ne saura jamais que mon As comprend chaque mot que je lui dis. De toute façon, les gens ne le croiraient pas. Ils m'emmèneraient pour me mettre à l'asile. »

– Écrivez votre article, jeune homme, dit-il, et envoyez-nous un exemplaire.

Comme promis, dès le lendemain matin un numéro de *La Chronique du Domerset* arriva à la ferme.

LA PERLE DES COCHONS.

De tous les cochons de notre verte et riante campagne anglaise, aucun ne peut rivaliser avec As de Trèfle, qui appartient à un fermier de la région, M. Ted Tubbs.

Non seulement As jouit en toute liberté de la vieille ferme pittoresque de M. Tubbs, mais il aime regarder la télévision, assis confortablement dans le propre fauteuil du fermier.

As de Trèfle est allé au marché, mais seulement en qualité de passager du camion de M. Tubbs. Ce compagnon inhabituel, non content d'apprécier la promenade en voiture, s'est également régalé au pub *Le Teaureau,* bien connu du marché, d'une bière rafraîchissante. Mais la chope ordinaire ne suffit pas à As. Il boit la bière à plein seau.

«Je ne m'en séparerai jamais, a déclaré M. Tubbs à notre reporter. C'est la perle des cochons.»

A l'heure du déjeuner, Ted Tubbs en fit la lecture à As (qui, un peu plus tard, le communiqua à Clarence et à Megan, et le soir même à Nanny).

– Je vais le faire encadrer, dit le fermier, et on le mettra au mur, à côté des prix que Megan a remportés. Dommage qu'ils n'aient pas pris une photographie. J'aimerais bien avoir une bonne photo de toi.

Dès le lendemain, le vœu du fermier était exaucé, car il reçut un coup de téléphone d'un quotidien national qui proposait de lui envoyer un journaliste et un photographe ; et quelques jours plus tard, les lecteurs du *Daily Mirror* – qui représentaient une partie considérable du public anglais –, ouvrant leur journal au petit déjeuner, y découvrirent une photographie assez remarquable du cochon. On y voyait As de profil, ce qui mettait en valeur sa marque distinctive et le présentait à son avantage. La photographie s'accompagnait d'un article prolifique – quoique légèrement inexact – qui révélait qu'As buvait un gallon* de bière à chaque repas et que non seulement il s'asseyait dans un fauteuil, mais qu'il occupait la chambre d'amis ; enfin que ses émissions favorites étaient *Le Défi universitaire* et *Le Cerveau électronique*.

* Un gallon = 4,54 litres.

Mais ce n'était pas tout.

Une semaine plus tard, le fermier recevait un coup de fil de la B.B.C.

– Monsieur Ted Tubbs ? dit une voix.

– Lui-même, dit le fermier.

– Ici le producteur de l'émission *Ainsi va le monde.*

– Ah, bon !

– Vous connaissez notre émission, sans doute ?

– Comme ci, comme ça.

– Comment ! Vous n'avez pas entendu parler d'*Ainsi va le monde,* présentée par Hester Jantzen, le dimanche soir, à neuf heures et demie ?

– Oh, Dieu merci, jeune homme, je ne regarde pas la télé si tard le soir ! Je suis au lit à neuf heures. Faut que je me lève tôt pour traire les vaches. Couché tôt, levé tôt, voilà qui rend un homme sain et serein, si ça ne le rend pas riche.

– Eh bien, cela ne vous rendra pas vraiment riche, monsieur Tubbs, reprit le producteur, mais nous vous offrons une prime et nous prenons à nos frais vos déplacements en première classe et votre hébergement dans un hôtel quatre étoiles, si vous et votre cochon acceptez de venir à Londres.

– Pour quoi faire ?

– Pour quoi ? Mais pour paraître dans notre émission *Ainsi va le monde.* Hester Jantzen souhaite vivement vous interviewer tous les deux.

– Ah, ça ! dit Tubbs. Ça alors !

QUELQUES JOURS PLUS TARD ARRIVA UNE LETTRE DE LA B.B.C., QUI DONNAIT LA DATE, L'HEURE ET DIVERSES PRÉCISIONS.

Tubbs le fermier en informa As, qui, à son tour, en fit part à ses amis.

– Ça, c'est quelque chose ! dit-il, tout excité, à Clarence et à Megan. Ted et moi, nous allons aller à Londres !

– Pour voir la reine ? s'écria Megan.

– Non, non, pour passer à la télé. Rendez-vous compte : vous pourrez vous asseoir là et nous voir dans la boîte.

– Tu oublies que nous ne savons pas l'allumer, dit Clarence.

– Je vais te montrer comment faire, dit As. Regarde : il suffit de poser ta patte sur ce bouton-là où tu vois 1, et de pousser. Tu as compris ?

– Mais comment diable allez-vous vous rendre à Londres ? demanda Megan. C'est un drôle de voyage, voyez-vous !

– Oh, la B.B.C. a tout arrangé ! dit As. Ils vont nous envoyer une de leurs grandes voitures de fonction dont se servent leurs équipes de cinéastes – ce sont des Volvo, vous en avez vu à la télé, dans les publicités; il y aura plein de place pour moi à l'arrière et ils nous conduiront tout droit aux studios. Puis, pour après l'émission, ils ont réservé une chambre pour Ted dans un endroit très chic.

– Au palais de Buckingham ? demanda Megan.

– Non, non, dans un grand hôtel, près de Regent's Park.

– Et toi, où coucheras-tu ? demanda Clarence.

– Eh bien, dit As, ils ont pensé que je pourrais ne pas me plaire à l'hôtel et ils ont décidé que je coucherai au zoo de Londres. Rappelez-vous, nous l'avons vu à la télé. Au zoo, il y a un endroit qu'on appelle le coin des animaux de compagnie. C'est là que j'irai. Et le lendemain, ils viendront nous chercher pour nous ramener à la maison.

– Tout cela est bien joli, dit Megan d'un ton qui rappelait la Megan d'autrefois, mais qui va prendre soin de nous ? (et par « nous », bien entendu, elle se désignait elle-même).

– Un ami de Ted viendra faire la traite du dimanche après-midi et du lundi matin, dit As, et nourrir tous les animaux. Ça permettra à Ted de se reposer un peu.

Comme depuis des mois, le chat et la chienne étaient habitués à la télévision, ils purent sans trop de difficultés s'imaginer ce qui allait avoir lieu; mais il en allait différemment avec la chèvre.

Après le souper, ce soir-là, As dit à Nanny :

– Ils vont me faire passer à la télévision.

Bien entendu, jamais au cours de sa longue existence Nanny n'avait mis le sabot dans la maison du fermier ! Elle n'avait donc de la télévision que l'image que lui en avait appris As au début : une grande boîte munie d'une seule paroi vitrée, comme une fenêtre.

– Te faire passer à la télévision ? dit-elle. Mais ça va certainement la défoncer. Jamais elle ne supportera ton poids.

As fit de son mieux pour expliquer à la vieille chèvre ce qui allait se passer, mais trop de mots parmi ceux qu'il employa – Volvo, Londres, studio, caméras, hôtel, zoo – ne lui évoquaient rien.

– Bon, dit-elle enfin, du moment que ça te rend heureux, mon cher As, c'est tout ce qui m'importe.

Or, être heureux, c'est en effet ce qu'As de Trèfle ressentit quand le jour tant attendu arriva.

Quelle journée mémorable !

D'abord, il y eut le voyage. Ses trajets dans le vieux camion bringuebalant et poussif de Ted Tubbs n'avaient guère préparé As au confort luxueux et moderne de la superbe voiture, silencieuse et rapide, qui glissait sans effort le long de l'autoroute ; et comme il avait pris l'habitude de déchiffrer les panneaux de la sécurité routière, lors des émissions télévisées, il en reconnaissait beaucoup tout au long du voyage. L'un d'entre eux, cependant, qui signalait la présence de travaux, commença par l'inquiéter, puis lui fit craindre le pire. On y lisait : « ... RAGE DANGEREUX... »

Mais son étonnement augmenta encore quand on arriva à Londres : les rues, les maisons, les milliers d'immeubles ! Leur nombre le remplissait d'étonnement.

En six années de vie, As n'avait pénétré que dans deux maisons : une habitation, la ferme de Ted Tubbs, et un commerce, le pub du Taureau.

Toutefois, il se rendait compte que Londres n'était pas entièrement recouvert de constructions. On y voyait aussi de vastes étendues d'herbe plantées de beaux arbres, et, comme

ils longeaient l'un de ces parcs, Tubbs demanda au chauffeur de s'arrêter un moment. Il lui était venu à l'idée que cette fameuse Hester Jantzen pourrait ne pas apprécier qu'As ait un accident au cours de l'interview, aussi laissa-t-il le cochon faire un petit tour.

Ils arrivèrent enfin aux studios de la B.B.C. !

Il fallait voir les regards converger vers le couple étrange qui descendait de la voiture et faisait son entrée.

Ted Tubbs s'était mis sur son trente et un. Baigné, rasé de si près que son menton portait encore la marque de légers coups de rasoir, il s'était attifé du mieux qu'il avait pu. Non seulement, il avait une chemise propre mais il y avait attaché un accessoire qu'il ne portait jamais : un faux-col. De plus, il portait sa seule et unique cravate (une cravate noire, si utile pour les enterrements) et il avait remplacé ses bottes de caoutchouc par une paire de bottines de cuir usagées, mais bien cirées. Mais la pièce maîtresse était le costume. C'était le seul complet qu'il possédât ; il l'avait acheté du temps qu'il était jeune homme. Sa couleur indéfinissable évoquait un ciel délavé. Boutonner la veste était une entreprise sans espoir, mais en relâchant les pinces à l'arrière il était parvenu à boutonner le gilet. Quant au pantalon, si la plupart des boutons de braguette semblaient sagement attachés, les boutons supérieurs, qui avaient refusé de rejoindre leur boutonnière, étaient retenus avec soin par un morceau de ficelle, invisible sous le gilet.

Et si l'homme affichait une telle élégance, que dire du cochon ?

As brillait de tous ses feux. Tubbs l'avait en effet lavé au jet, savonné et brossé sous tous les angles, puis, une fois soigneusement rincé et séché au soleil, le fermier avait enduit son corps d'huile végétale. Toute une énorme bouteille y était passée !

La marque singulière qui ornait son flanc gauche se détachait, plus nettement que jamais, d'un noir étincelant sur sa peau lustrée, reluisante de propreté. As traversa fièrement le hall de réception, sur les talons de son maître, et on les conduisit au salon d'accueil.

Quelqu'un demanda à Tubbs ce qu'il voulait boire.

– Vous n'allez pas passer tout de suite, lui dit-on. Pouvons-nous vous proposer quelques rafraîchissements ?

C'était un dimanche et Ted avait déjà eu son demi de cidre avant le déjeuner, mais le voyage lui avait donné soif et il se dit qu'après tout, un petit verre lui redonnerait du courage, car il se sentait nerveux.

– Oh, merci ! dit-il. Je boirais bien un demi de scrumpy.

– Pardon ?

– C'est du cidre. Du cidre du Domerset où poussent les pommes à cidre. Et le cochon prendra une pinte de bière à la pression.

Le cidre qu'on lui apporta était un breuvage horrible, insipide et douceâtre, mais As n'eut pas à se plaindre de la bière. On la lui versa dans un grand bol et il n'en laissa pas une

goutte. Cependant il se rappela les paroles de Nanny : « Un plaisir modéré fait du bien, mais point ne faut abuser des bonnes choses », et quand on lui en offrit une autre pinte, il émit un seul grognement.

– Il n'en veut plus, dit Tubbs. Et moi non plus.

Ils durent attendre encore quelques instants dans le salon d'accueil (où on avait fini par les laisser seuls). Tubbs se sentait de plus en plus nerveux. Le cidre doux ne lui avait fait aucun bien. As, au contraire, était en pleine forme. La bière l'avait rendu euphorique et il brûlait d'impatience de se présenter devant les caméras. La pensée que des millions de gens allaient le regarder ne le troublait pas, car elle lui restait étrangère. Il ne pensait qu'à Clarence et Megan qui se trouvaient là-bas, à la maison (il espérait que Clarence se rappellerait comment allumer le poste) et à sa chère vieille Nanny qui malheureusement ne pourrait pas le voir.

Aussi, quand on vint au salon d'accueil annoncer à Ted Tubbs que l'heure de l'émission était arrivée, As se rua en avant de son maître. Frôlant au passage le guide qui devait les conduire sur le plateau d'*Ainsi va le monde,* il entendit une voix de femme qui disait : « Et maintenant, mesdames et messieurs, permettez-moi de vous présenter... »

« Il s'agit de moi, sans aucun doute », se dit As, et passant derrière les rideaux qui se trouvaient là, il surgit sur le plateau au moment précis où la jeune femme, qui lui tournait le dos, achevait sa présentation.

– ... M. Ted Tubbs !

L'apparition de l'énorme cochon déchaîna un immense éclat de rire dans le public du studio.

Hester Jantzen (car c'était elle) porta la main à la bouche dans un geste de surprise embarrassée et un second éclat de rire salua l'arrivée de Tubbs qui, grâce à la poussée d'une main secourable, se trouva tout penaud propulsé sur le plateau.

Hester Jantzen ôta la main de sa bouche et sourit, ce qui permit à As de remarquer une superbe rangée de dents. Elle portait une robe de soie dont la couleur émeraude jurait horriblement avec le costume bleu ciel du fermier, et un instant on put craindre qu'un juron d'une autre sorte allait éclater ; car Tubbs ne comprenait pas pourquoi tout le monde riait et, quelle qu'en fût la raison, il ne trouvait pas cela à son goût. Déjà nerveux, et mal à l'aise dans son costume trop étroit, il était maintenant incommodé par la chaleur des projecteurs et son visage rubicond devint cramoisi.

Mlle Jantzen, professionnelle jusqu'au bout de ses ongles nacrés, reprit le contrôle de la situation. Elle s'avança avec grâce, prit la grosse main moite du fermier et dit avec un nouveau sourire étincelant :

– Bienvenue à *Ainsi va le monde,* monsieur. Comme c'est aimable à vous d'être venu et d'avoir amené votre fameux cochon, As de Trèfle.

Puis, se tournant vers la caméra :

– Nombreux parmi vous qui nous regardez sont ceux qui ont déjà entendu parler par les journaux de l'animal favori de M. Tubbs, As pour ses amis. Nous avons déjà accueilli sur le plateau d'*Ainsi va le monde* de nombreux animaux extraordinaires, mais jamais d'aussi gros, me semble-t-il.

Elle esquissa un mouvement vers As qui se tenait patiemment au milieu du plateau, mais l'éclat graisseux de son dos au poil dru l'en dissuada, sans parler de sa taille. Ses dents, surtout, lui parurent encore plus grandes que les siennes !

– Il est énorme, monsieur, dit-elle avec un léger rire. Combien pèse-t-il ?

– Vingt fois, grogna le fermier.

– Vingt fois ? C'est-à-dire ?

Tubbs sortit de sa poche un grand mouchoir à pois avec lequel il épongea son front en sueur. « Ces gens de Londres, se dit-il avec colère, ils ne comprennent rien ! »

– Cela veut dire qu'il pèse vingt fois dix livres, ce qui fait deux cents livres ; et maintenant, vous comprenez, ma petite dame ?

– Oui, oui, deux cents livres.

Le public éclata de rire. Mais à présent c'était d'elle qu'on se moquait, non de lui, et il le vit bien. Il se sentit plus détendu. Mlle Jantzen s'en rendit compte.

– Que je suis sotte ! dit-elle. Mais parlez-nous encore de lui. On m'a dit qu'il aimait la bière. Est-ce qu'il en voudrait une maintenant ?

– Il en a déjà pris une tout à l'heure, dit Tubbs. Je crois que ça lui suffit pour l'instant.

Hester Jantzen arbora son sourire le plus enjôleur pour dire :

– En effet, nous ne voudrions à aucun prix que ce cher petit se laisse aller à faire pipi tout au long du chemin...

– Ne vous en faites pas pour ça, ma petite dame, dit Tubbs. Il est aussi propre que vous et moi.

Quand sa voix put enfin se faire entendre à travers les rires qui secouaient la salle, Hester Jantzen reprit :

– On m'a dit qu'As de Trèfle peut faire un tas de choses remarquables, outre le fait de boire de la bière ; il s'assoit dans un fauteuil et regarde la télévision.

– C'est un animal extraordinaire ! dit le fermier.

– Oui, c'est un fait. Peu de gens sont capables d'apprécier l'intelligence des cochons. Je crois que c'est sir Winston Churchill qui a dit : « Le chien lève son regard vers l'homme, le chat regarde l'homme de haut, mais le cochon le regarde dans les yeux car il est son égal. »

– Ce vieux Winnie, c'était pas la moitié d'un idiot ! dit Tubbs. Regardez As dans les yeux, ma petite dame. Vous verrez ce qu'il a voulu dire.

Se prêtant au jeu, Hester Jantzen, surmontant sa répugnance, se rapprocha d'As de Trèfle. Ils se toisèrent et ce fut elle qui, la première, détourna le regard.

– Il a un regard plein d'intelligence, dit-elle d'une voix légèrement troublée. Dites-nous encore, monsieur Tubbs, de quoi As est-il capable ?

– Il est capable de faire tout ce que je lui demande.

– Vous voulez dire s'asseoir ou se coucher, ou bien venir quand on l'appelle ?

– Ça, c'est facile, dit le fermier. Assis, As, dit-il ; et As s'assit. Repose-toi, mon gars ! et As s'allongea (le hasard voulut que ce fût sur le côté gauche).

Il y eut un tonnerre d'applaudissements de la part du public et Hester Jantzen frappa ses mains l'une contre l'autre.

– Retourne-toi As, dit Tubbs, et montre-leur comment tu as mérité ton nom.

As obéit et aussitôt l'un des cadreurs fit un gros plan du flanc gauche de l'animal, permettant ainsi aux millions de téléspectateurs d'admirer la marque noire tout à fait inhabituelle à laquelle il devait son nom.

– Tu es un bon gars, dit Tubbs. Et maintenant, d'ici une minute ou deux, je voudrais que tu ailles vers Mlle Trucmuche et que tu lui dises : « Merci de m'avoir invité. »

– Vous n'allez tout de même pas me dire qu'As sait parler! gloussa la présentatrice.

– Non, et voler non plus, dit le fermier. Mais il va vous serrer la main. Allez, As, dis merci à la dame.

Alors, sous le regard éberlué du public et des milliers de spectateurs qui, à travers toute l'Angleterre regardaient l'émission *Ainsi va le monde,* As de Trèfle traversa solennellement le plateau et, s'asseyant sur ses pattes de derrière, leva une de ses pattes avant et tendit poliment son sabot à Hester Jantzen.

Bravement, la jeune femme s'en saisit, en disant :

– Au revoir, As. J'espère que tu t'es bien amusé, qu'en dis-tu ?

Et le cochon grogna deux fois.

APRÈS QUE LA SUPERBE VOITURE DE LA B.B.C. LES EUT RAMENÉS À LA FERME, LE LUNDI MATIN, TED TUBBS SE HÂTA D'ALLER ENFILER SA VIEILLE SALOPETTE graisseuse et ses bottes de caoutchouc crottées pour faire le tour de son domaine et s'assurer que les bêtes n'avaient pas souffert en son absence.

Quant à As, il pénétra dans le salon où il trouva Megan.

– Salut, Megan ! s'écria-t-il. Nous sommes de retour ! Est-ce que le programme vous a plu ?

– Bonté divine, dit Megan, non !

– Mais pourquoi ?

– Nous ne l'avons pas vu, voyez-vous. Clarence a dû appuyer sur le mauvais bouton. Nous sommes restés ici des heures, espérant vous voir apparaître, mais tout ce qu'ils ont montré ç'a été un tas de cowboys et d'Indiens.

Plus tard, le chat parut à son tour et gratifia le cochon d'un regard mi-vert mi-jaune, plutôt distant, comme s'il cherchait à éviter le sujet. Aussi, As n'insista pas. Pourtant le destin décida que rien n'était perdu. Quand Tubbs rentra pour le déjeuner, il tourna le bouton de la B.B.C. pour regarder le journal de treize heures et tous – fermier, cochon, chienne et chat – s'assirent pour le regarder. A la fin de l'émission, le présentateur déclara : « Enfin, pour ceux d'entre vous qui trouvent que tout est sombre dans nos actualités d'aujourd'hui, nous allons présenter un extrait de l'émission de la nuit dernière, *Ainsi va le monde,* dans lequel on peut voir As échanger une poignée de main avec Hester Jantzen. Une célébrité nationale salue un jeune premier », conclut le présentateur.

Les jours et les semaines qui suivirent montrèrent à quel point As était devenu célèbre. On n'avait vu qu'une seule fois, et des années plus tôt, un cochon sur les écrans de télévision ; et celui qui s'était attiré une telle publicité était l'arrière-grand-père d'As, quand il avait remporté le grand prix des chiens de berger contre les meilleurs chiens du pays.

Tubbs fut bombardé de lettres et assailli de coups de téléphone. La plupart des lettres provenaient des admirateurs du cochon et étaient adressées à As de Trèfle, chez M. Tubbs.

As reçut des invitations à des kermesses et même à l'inauguration de supermarchés, ainsi que pour remplir les fonctions d'invité d'honneur à des cérémonies officielles. Des fermiers de toute l'Angleterre offrirent des sommes d'argent considérables pour l'acheter, et plus d'un directeur de cirque fit également des propositions. Il y eut même une demande en mariage (adressée à M. T. Tubbs) de la part d'une dame qui habitait Weston-sur-Mare.

Mais Tubbs refusa tout.

Jamais la pensée de se séparer de son cochon ne lui traversa l'esprit.

« Tu as vigueur et santé, Ted Tubbs, se dit-il un jour, alors qu'il finissait la traite de l'après-midi. Tu as le bétail dont tu dois t'occuper et tes amis – la vieille Nanny, Megan et Clarence, et surtout, surtout As de Trèfle. A quoi ça te servirait d'être plus riche si tu devais t'en séparer ? Tu n'aurais plus personne avec qui regarder *La Vie rurale dans l'Ouest* ;

personne pour te tenir compagnie dans ton vieux camion. Et personne avec qui partager un verre au pub du Taureau.

Il arrêta la trayeuse et, presque aussitôt, lui parvint de la cabane le cri bref mais perçant qu'il connaissait bien. Un cri – il le savait – qui n'exprimait ni la colère ni la peur, mais la faim, et il se hâta d'y répondre en allant préparer un seau de pâtée.

Quant à As, le succès ne lui tourna pas la tête. Lui aussi avait ses amis, ses émissions favorites à la télévision, aussi bien éducatives que récréatives, une pinte de bière de temps en temps, une litière confortable. Ce soir-là, après le dîner, il s'y coucha avec reconnaissance, prêt à savourer douze heures d'un sommeil paisible. Fait étrange, il s'allongeait toujours sur le côté droit, comme s'il avait voulu présenter à tous ceux que cela pouvait intéresser l'emblème qu'il arborait sur le flanc gauche.

– Bonne nuit, Nanny, dit-il en bâillant.

Il entendit vaguement la vieille chèvre lui répondre, comme elle le faisait toujours :

– Dors bien. Prends garde aux mouches.

Alors, après deux derniers grognements, As de Trèfle se laissa dériver avec bonheur vers le pays des rêves.

TABLE DES MATIÈRES

POUR FAIRE CONNAISSANCE AVEC DICK KING-SMITH, QUI A ÉCRIT CE LIVRE

OÙ ÊTES-VOUS NÉ ?
D. K. S. A Bitton, un village du Gloucestershire, en Angleterre. C'était en 1922.

OÙ VIVEZ-VOUS MAINTENANT ?
D. K. S. Dans un hameau du nom de Queen Charlton, à environ cinq kilomètres de mon lieu de naissance, avec ma femme. Nos enfants ont tous une quarantaine d'années, et nous avons dix petits-enfants.

QUAND AVEZ-VOUS COMMENCÉ À ÉCRIRE ?
D. K. S. Très jeune. De la poésie et des histoires drôles. Mais j'ai écrit mon premier livre pour la jeunesse à l'âge de cinquante-quatre ans.

ÊTES-VOUS UN « AUTEUR À PLEIN TEMPS » ?
D. K. S. J'ai été tour à tour soldat, fermier pendant vingt ans, ouvrier d'usine, instituteur, et j'ai fini par trouver une profession qui me convient parfaitement et me plaît de plus en plus. C'est une chance !

EST-CE QUE* AS DE TRÈFLE *DÉCOULE D'UNE EXPÉRIENCE PERSONNELLE ?
D. K. S. Je ne peux pas vraiment dire qu'il s'agit d'une expérience personnelle. Je n'ai jamais emmené un cochon avec moi au pub,

ni regardé la télévision dans le salon en compagnie d'un tel animal ! Tout ce que je peux dire, c'est que le cochon est un de mes héros préférés et mon animal favori.

QU'EST-CE QUI VOUS A INSPIRÉ ?
D. K. S. Pour faire venir l'inspiration, je m'assieds à ma table, et l'imagination fait le reste... L'idée d'un animal capable de communiquer avec un humain (ne serait-ce que par grognements !), m'enchante assez et a stimulé mon imagination.

VOUS A-T-IL FALLU BEAUCOUP DE TEMPS POUR L'ÉCRIRE ?
D. K. S. Environ six semaines, une durée normale pour moi, sauf si je « sèche ». En tous cas, je me suis bien amusé à écrire *As de Trèfle* !

AVEZ-VOUS ÉCRIT BEAUCOUP D'AUTRES ROMANS ?
D. K. S. Aujourd'hui, si je compte également les plus courts, j'en ai écrit plus de soixante.

QUEL CONSEIL DONNERIEZ-VOUS À UN ÉCRIVAIN DÉBUTANT ?
D. K. S. Lisez tout ce qui vous tombe sous la main. Entraînez-vous à écrire des histoires, montrez-les aux personnes dont l'opinion vous importe, écoutez leurs critiques. Observez tout ce qui vous entoure.

Ayant trouvé sa vocation – et la gloire – à l'âge d'être grand-père, Dick King-Smith est aujourd'hui avec Roald Dahl l'un des auteurs les plus populaires et les plus lus. Il anime même à la télévision anglaise une émission pour les enfants (avec son chien Dodo !). Son premier roman, **Le Cochon devenu berger**, *qui montre avec beaucoup d'humour sa connaissance des animaux de la ferme, a remporté dès sa publication le plus prestigieux prix littéraire anglais. Il a été publié dans la collection Folio Junior ainsi que* **Magnus super souris** *et* **Harry est fou**. *Dick King-Smith est également l'auteur de* **Longue vie aux dodos**, **L'Escargot de Sophie** *et* **Une Marmite pleine d'or** *dans la collection Folio Cadet, et des romans* **Le Nez de la reine** *et* **Les Souris de Sansonnet**, *publiés dans la collection Lecture Junior.*

Claude Delafosse nous raconte comment il a illustré *As de Trèfle*

Quand on m'a donné l'histoire d'*As de Trèfle* à illustrer, cela m'a rappelé de vieux souvenirs. J'avais dessiné son grand-père il y a plusieurs années, un sacré cochon devenu berger ; alors je me suis senti un peu de la famille...

Mais je n'ai quand même pas l'occasion de dessiner des cochons tous les jours : à Paris ce n'est pas ce que l'on croise le plus couramment ! Il a alors fallu que je fasse un effort d'imagination. Où est-ce qu'il pouvait bien y avoir un cochon à croquer – pas à manger – mais à dessiner dans cette ville ? Je me suis souvenu qu'un jour en allant manger des hamburgers avec toute la famille, on avait vu un cochon vivant en laisse devant un restaurant des Halles. J'ai enfourché mon cheval à roulettes et je suis allé observer le cousin d'As de Trèfle, qui a accepté très gentiment de poser pour moi. Durant tout le temps qu'a duré le travail d'illustration de cette histoire, Lucas, le dernier de nos enfants, m'a soutenu en faisant lui aussi des dessins de cochon pour m'encourager ou peut-être me guider.

Une fois toutes les illustrations terminées, j'ai confié à ma femme Sabine, le soin de les mettre en couleur comme elle le fait toujours magnifiquement pour mes dessins. Avec son pinceau baguette magique elle a donné vie à *As de Trèfle* et ses amis, à Tubbs, et elle a harmonisé le camion avec la police, la télé et le tapis, en ne laissant rien au hasard. J'espère qu'*As de Trèfle* aura de nombreux enfants pour pouvoir avoir le plaisir d'illustrer leur destin fameux.

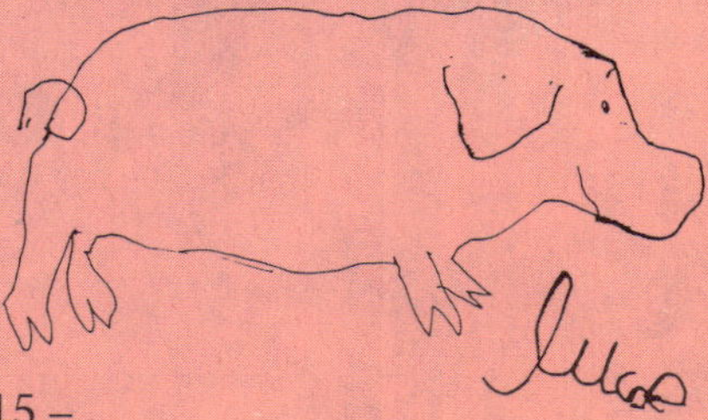

LES AUTRES TITRES DE LECTURE JUNIOR

AS DE TRÈFLE DE DICK KING-SMITH
illustrations de Claude Delafosse

Le dernier né des porcelets du fermier Tubbs n'est décidément pas un cochon ordinaire. Outre la marque étrange en forme de trèfle qui orne son flanc gauche, il semble comprendre le langage humain ! Un cochon peut-il devenir un animal de compagnie ? As de trèfle se couvrira de gloire, mais saurait-il en être autrement lorsqu'on a pour ancêtre un cochon devenu berger ? Tout le talent de Dick King-Smith, dans une histoire irrésistible dont le dénouement réserve une surprise des plus inattendues.

LES SOURIS DE SANSONNET DE DICK KING-SMITH
illustrations de Alice Dumas

A-t-on jamais vu un chat ne pas se délecter des souris qu'il pourchasse ? Sansonnet ! Qui est loin d'être un chat ordinaire. Lorsqu'il attrape Joséphа, il décide d'en faire son amie et de la protéger, fût-ce contre son gré, car cette charmante souris est aussi la plus impertinente, la plus insupportable des compagnes. Un jour, elle disparaît… L'histoire fantaisiste et pleine de rebondissements de la plus surprenante des amitiés.

LE NEZ DE LA REINE DE DICK KING-SMITH
illustrations de Serge Bloch

Harmony aimerait plus que tout avoir un animal bien à elle, mais ses parents s'y opposent. Grâce à son oncle Ginger et à sa pièce de monnaie magique, ses vœux vont être exaucés. Mais il lui faudra auparavant surmonter bien des obstacles. Un roman plein d'humour et de péripéties où l'on voit qu'un désir profond finit souvent par se réaliser à force de persévérance.

LES AUTRES TITRES DE LECTURE JUNIOR

KAMO ET MOI DE DANIEL PENNAC
illustrations de Jean-Philippe Chabot

Rédaction pour le lundi 16. Sujet : *Vous vous réveillez un matin, et vous constatez que vous vous êtes transformé en adulte. Affolé, vous vous précipitez dans la chambre de vos parents : ils sont redevenus des enfants. Racontez la suite.* A cette injonction, deux solutions : faire la rédaction ou lire *Kamo et moi* !

L'ÉVASION DE KAMO DE DANIEL PENNAC
illustrations de Jean-Philippe Chabot

Pourquoi Kamo, qui ne craint rien ni personne, a-t-il tout à coup peur d'une simple bicyclette ? Pourquoi sa mère l'a-t-elle soudain abandonné ? Et d'ailleurs, qui est vraiment Kamo ? D'où vient ce nom étrange ? Qui l'a porté avant lui ? Des questions qui semblent n'avoir aucun rapport entre elles ; pourtant, si l'on ne peut y répondre, Kamo mourra !

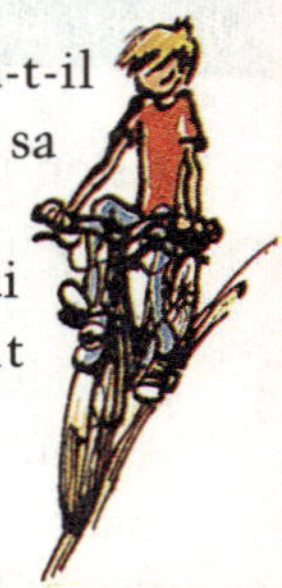

KAMO, L'AGENCE BABEL DE DANIEL PENNAC
illustrations de Jean-Philippe Chabot

Kamo, qui a décidé d'apprendre l'anglais en trois mois, correspond avec la mystérieuse Catherine Earnshaw de l'agence Babel. Mais qui se cache donc derrière cet étrange personnage ? Une énigme palpitante, merveilleusement observée, où le narrateur mène l'enquête.

KAMO, L'IDÉE DU SIÈCLE DE DANIEL PENNAC
illustrations de Jean-Philippe Chabot

L'idee géniale de Kamo était-elle vraiment l'idée du siècle ? Toujours est-il que monsieur Margerelle est devenu fou comme une bille de mercure ! Cette fameuse idée ne serait-elle pas plutôt la gaffe du siècle ? La bêtise du siècle ? Le crime du siècle ? Que comptes-tu faire, Kamo, pour guérir ton Instit' Bien Aimé ?

LE TERRIBLE TRIMESTRE DE GUS DE GENE KEMP
illustrations de Quentin Blake

Il n'y a que Gus qui puisse comprendre Danny et ses problèmes d'enfant difficile. Ce qui les met plus d'une fois dans des situations très compliquées. Vrai et drôle, ce roman réserve bien des surprises dans l'atmosphère mouvementée d'une école des plus vivantes !...

LA MONTRE EN OR DE LEON GARFIELD
illustrations de Jame's Prunier

Nick a dix ans, pas de parents, pas de maison, pas de chaussures, mais un grave problème : marier sa sœur Jubilé, neuf ans ! Commence alors, dans les bas-fonds de Londres, une incroyable aventure, dont leur papa d'occasion, Vieux Perroquet, impénitent pickpocket, ne sera pas le moindre des héros.

LE FANTÔME DE MAÎTRE GUILLEMIN D'EVELYNE BRISOU-PELLEN
illustrations de Romain Slocombe

En cette année 1481, Martin, qui n'a que douze ans et qui vient de l'hospice des enfants trouvés, entre à l'université de Nantes. Trop jeune ! jugent les autres étudiants du collège Saint-Jean, qui n'auront de cesse de le brimer et de le rejeter. C'est alors que l'on découvre le cadavre de l'un de ses agresseurs !... Un récit palpitant dans l'univers haut en couleurs des étudiants du Moyen Age.

L'HOMME DES VAGUES DE HUGO VERLOMME
illustrations de Marc Lagarde

Pour Kevin, cet été-là va être l'été de toutes les émotions et de tous les dangers. Parti sans ses parents à Hossegor, dans les Landes, il va découvrir grâce à Bud l'Australien, la passion de la mer et des vagues. Mais qui est Bud ? Quel est son secret ? Et quel peut être le rôle de la si jolie mais énigmatique Floria ? Un roman d'aventure et d'amitié au rythme d'une nature omniprésente.

UNE FILLE À PAPA DE UWE-MICHAEL GUTZSCHHAHN
illustrations de Godeleine de Rosamel

Les pères sont parfois des êtres étranges. Le père de Julia, par exemple, qui s'est pris d'une passion dévorante pour le vélo, lui qui n'avait jamais fait de sport ! Et le voilà par monts et par vaux, sur sa machine, au grand désespoir de Julia outrée de voir son père lui échapper et inquiète de voir les vacances arriver. Des vacances à vélo, évidemment... Le regard lucide et plein d'humour d'une petite fille en marche vers l'adolescence.

LE LIVRE DE L'ANNÉE DE ROALD DAHL
illustrations de Quentin Blake

Voici le plus extraordinaire des livres : le vôtre, à écrire au fil des jours, en compagnie de Roald Dahl qui a voulu offrir à tous ses lecteurs le plus original des agendas, illustré avec humour et fantaisie par Quentin Blake. Tous vos secrets auront leur place parmi les souvenirs inédits du grand conteur, ses anecdotes et ses observations sur la nature, parmi les extraits de ses douze livres les plus drôles.

MA SŒUR EST UNE SORCIÈRE DE DIANA WYNNE JONES
illustrations de Georges Lemoine

Gwendoline, persuadée d'avoir des pouvoirs surnaturels et débordante d'imagination, va provoquer une série d'événements plus étranges et inquiétants les uns que les autres avec la complicité de son frère, appelé Chat. Un roman passionnant où la magie et le mystère le disputent à la gaieté de l'humour et au réalisme psychologique.

ALEXANDRE LE DINOSAURE DE TOR SEIDLER
illustrations de Miles Hyman

Pour Edward Small junior, médiocre joueur de base-ball d'une timidité maladive, la vie à Molebury n'a rien d'exaltant. Mais Edward a un secret : Alexandre, un dinosaure invincible qui, dans ses rêves, l'aide à devenir un héros en sauvant la ville de terrifiants extraterrestres. Et si Alexandre existait vraiment ? En acceptant d'affronter la réalité, Edward grandit et découvre qu'elle peut être plus passionnante encore que ses rêves.

LES AUTRES TITRES DE LECTURE JUNIOR

L'HISTOIRE DE MONSIEUR SOMMER
DE PATRICK SÜSKIND ILLUSTRÉ PAR SEMPÉ

La découverte d'une enfance, un premier amour, l'apprentissage du vélo, les terrifiantes leçons de piano sous la férule d'une vieille momie impitoyable. Et toujours les rencontres avec monsieur Sommer, énigmatique personnage, marcheur infatigable quel que soit le temps ou la saison. Un univers tendre, rude, humoristique... mais au fait, que cherche donc monsieur Sommer ?

LE SECRET DE DOOLEY DE BRUCE BROOKS
illustrations de Jean Claverie

Nous sommes en Virginie, au sud des États-Unis. Dooley, jeune Noir féru de magie, entreprend de guérir le grand-père de son ami Peanuts, victime d'une crise cardiaque. Mais a-t-il de réels pouvoirs ? Sorcellerie, frayeurs et naissance d'une amitié donnent un roman chaleureux aux multiples rebondissements.

UN ÉTÉ EN SICILE DE ROSE TREMAIN
illustrations d'Agnès Audras

George rêve à une île lointaine, cette Sicile où il a passé de si belles vacances l'été dernier, chez sa grand-mère Violetta et son cousin Guido. Aussi lorsque sa mère, saisie d'un terrible pressentiment, quitte brutalement l'Angleterre pour regagner son village natal tapi sur les pentes du mont Etna, George voit-il enfin son rêve se réaliser même s'il doit quitter son père à Londres. Mais le volcan qui gronde ne va-t-il pas menacer ce fragile paradis ?

LES AUTRES TITRES DE LECTURE JUNIOR

LA POURPRE DU GUERRIER DE ROSEMARY SUTCLIFF
illustrations de Philippe Munch

Vers le Xème siècle avant notre ère, à l'âge du bronze, Drem, qui a un bras paralysé, ne peut être intégré à la tribu des guerriers et des chasseurs. Blessé dans sa fierté, il s'enfuit. Pourra-t-il revenir subir l'épreuve initiatique des garçons de son âge et revêtir enfin la pourpre du guerrier ? Un roman qui nous plonge dans le passé aventureux des hommes.

LE ROI DE LA FORÊT DES BRUMES DE MICHAEL MORPURGO
illustrations de François Place

Alors qu'il traverse l'Himalaya en compagnie d'un moine tibétain, Ashley, fils d'un médecin missionnaire en Chine, rencontre une étonnante créature qui ressemble étrangement au yéti légendaire. La vie du jeune garçon va en être bouleversée. Ce roman où la réalité et le fantastique sont étroitement mêlés nous transporte dans une autre dimension, celle du merveilleux.

LA SAISON DES MOISSONS DE BARBARA WILLARD
illustrations de Jean-Marie Poissenot

Si seulement Harry Hoad pouvait se rendre à l'école aussi souvent qu'il le voudrait ! Mais le travail de la ferme repose beaucoup sur ses jeunes épaules, surtout depuis que Luke, son frère, surpris à braconner, a été exilé en Australie. Ranger Blagden, le garde-forestier convoite la ferme... Qu'adviendra-t-il le jour où Sarah, sa sœur aînée se mariera ou si Grand-Père vient à mourir ? Court et sobre, réaliste et sensible, pour jeunes lecteurs.

LE RÊVE D'ANTHÉA DE MARGARET MAHY
illustrations de Philippe Poirier

Depuis la disparition de ses parents, Anthéa vit dans la famille chaleureuse et fantaisiste de sa cousine Flora. Un jour, elles trouvent un objet étonnant, un stéréoscope, dans lequel elles regardent de vieilles cartes postales. C'est pour Anthéa la découverte d'un univers qui ressemble à celui de ses rêves. Chaque nuit, elle s'évade au pays qu'elle a inventé pour rejoindre d'étranges personnages... Un roman envoûtant où rêve et réalité se confondent au point de transformer la vie.

ALLÔ, C'EST MOI ! DE JAN MARK
illustrations de Ken Brown

Lloyd vient de déménager. A la fois dynamique et sensible, il part à la découverte de sa nouvelle existence dans une ville inconnue. Avide d'activités et d'amitié, il devra vite apprendre à faire des choix de vie. Un roman d'apprentissage, d'humour et de tendresse.

VICTOR VICTORIEUX DE JAN MARK
illustrations de Jame's Prunier

Andrew, dont la famille s'installe pour la première fois à la campagne, fait la connaissance de Victor, le cancre de la classe dans sa nouvelle école. Un personnage surprenant qu'Andrew va apprendre à découvrir à travers la passion de l'aviation que Victor lui communique peu à peu. Naissance d'une amitié dépeinte avec une sensibilité pleine d'humour tonique.

Loi n° 49-956 du 16 juillet 1949
sur les publications destinées à la jeunesse
ISBN 2-07-056952-7
Numéro d'édition : 63455
Dépôt légal : mai 1993
Imprimé par l'Imprimerie Hérissey, à Évreux